小学館文庫

イシュタムの手

法医学教授・上杉永久子

小松亜由美

小学館

目次

イシュタムの手

第一話　業火の棺《ひつぎ》

十二月二十八日（月）

東京から遠く離れた北国で迎える冬は、これで何度目だろう。

鉛色の空から降る「ぼた雪」は、手のひらですぐに溶けて消える。重く湿った雪を「ぼた雪」と言うのも、ここに来て初めて知った。東京で降る雪は風に舞うばかりで、ちっとも積もらなかった気がする。

秋田の冬は青空とは無縁で、とにかく暗くて静かだ。

だけど僕は嫌いじゃない。だから、ここに長くいられた。

博士課程一年の僕、南雲瞬平《なぐもしゅんぺい》が通う秋田医科大学は秋田市の中心部から北東方向の広面《ひろおもて》地区にある、偏差値全国最下位の三流単科大学だ。都内の医学部を何校も受験したものの全滅、ここにしか合格できなかった僕は泣く泣く入学を決めた。

都内で病院を経営する両親や臨床医の兄二人からは「都落ち」「南雲家の恥」と散々バカにされた。九年前の電話を最後に連絡は途絶え、帰省することもなくなった。

「一流大学主義」の家族と縁が切れて良かったと思っている。僕も同じ考えだったら、秋田に住みつくことはなかったから。

感傷に浸っていると、鋭い声と共に、バンバン、と背中に強い衝撃が走った。

「南雲くん、こんなところで何やってんの！」

振り向くと、指導教官が僕の背中を平手で叩《たた》いている。秋田医科大学法医学教室の上杉《うえすぎ》永久子《とわこ》教授だ。自殺研究の第一人者でもある。

「南雲くんは、いつもここで考え事してるね。この時季だと風邪引くよ！」

基礎医学研究棟の一階、法医学教室から法医解剖室へ向かう渡り廊下は屋根と柱だけの簡素な造りで、雨や落ち葉が舞い込み放題だ。現に今も、時折の強い風でぼた雪が吹き込んでいる。にもかかわらず、上杉教授は白衣も纏《まと》わず、解剖着姿でも寒そうな素振りを見せない。女子更衣室を使わず、教授室で着替えて来たようだ。

「教授こそ、半袖じゃないですか……」

「私は暑がりだからいいの！　今日で大学は仕事納めなんだから、さっさと解剖始めるよ」

教授は「もう警察が来てるからね！」と、再び僕の背中を叩くと足早に解剖室方面へ消えた。軽やかな足取りは、定年退官まであと三年とは思えない。上品なグレイッシュヘアの見た目とは裏腹に、大胆で快活な人物だ。仙台出身でありながら江戸っ子みたいだ、と常々思う。

渡り廊下を過ぎ、蛍光灯が明滅する廊下を抜ける。

更衣室は狭い。消耗品類のダンボール箱が雑然と床に置かれ足の踏み場もない。

ダンボール箱の一つに手を突っ込み、必要なものを取り出すと、解剖着の上から身に着けた。

帽子、フェイスシールド、N95マスク、使い捨てのガウン、エプロン、腕カバー、手袋、軍手。これらを全て身に着けると今は暖かくて丁度良いが、夏場は暑くて倒れそうになる。感染防御対策とは分かっていても、脱水状態になるのはなかなか辛《つら》い。

秋田医科大の法医解剖室はこれまた狭い。おまけに古いものだから、水道管の詰まりや水漏れ、エアコンの故障はしょっちゅうだ。教授は「南雲くんの代になったら新しくすればいい」と、本格的に修繕するつもりはないらしい。

秋田県内で発見された異状死体の法医解剖は、全てここでおこなわれる。秋田県には監察医制度が導入されていないため、事件性の有無にかかわらず引き受けていて、年間の解剖数は二百体を超える。ちなみに監察医制度がある東京二十三区では、大学の法医学教室で司法解剖、監察医務院で行政解剖をおこなう。

今日は二体の遺体が運びこまれた。解剖台が一台しかない上に、執刀医が上杉教授しかいないものだから、一体終わったら次と入れ替え制でやらざるを得ない。

解剖台には、性別も年齢も分からない焼損の激しい遺体が横たわっている。ほぼ真っ黒焦げだが、胸腹部の一部分は辛うじて皮膚と分かるところが残っている。

マスクをしていても焦げた臭気が鼻を突いた。所轄署の警察官が慌ただしく動き回り、鑑識係が遺体の写真撮影を始めていた。カメラのフラッシュに僕は目を細める。

教授は既にスタンバイしていた。「遅いよ！」と小声で叱られたので、ひたすら謝る。

「もう一体は搬送車の中だんし。あちらも焼損具合が一緒で、年齢と性別が分がらねえどもな」

若干の秋田訛《なま》りでそう話すのは、秋田県警察本部・刑事部捜査第一課の警部であり検視官の熊谷和臣《くまがいかずおみ》だ。スキー上級者だという熊谷検視官は、雪焼けした浅黒い肌に白髪交じりの短髪姿だ。五十歳と聞いているが、実年齢よりだいぶ若く見える。秋田の頼れるおとっつぁんという印象だ。

最初は秋田弁が全く聞き取れずチンプンカンプンだったが、今ではすっかり分かるようになってしまい、関東から訪れる友人の通訳を務めるぐらいだ。「ばっけ」は「ふきのとう」で「べご」は「牛」――。臨床研修で出会った秋田弁の師匠は高齢の患者たちだった。秋田弁は一括《ひとくく》りにできず、地域によって訛り方が違うのも、患者から教わった。

熊谷は、僕が未《いま》だに秋田弁を理解できていないと思っているらしく、なるべく標準語で話してくれる。それはありがたいが「まだ余所者《よそもの》扱いなのだろうか」と少し悲しくもなる。

「現場は横手市《よこてし》杉沢《すぎさわ》。元農家の三浦徳蔵《みうらとくぞう》宅です」

熊谷は、クリップボードの検視報告書を捲《めく》る。

横手市は秋田県南部に位置し、小正月の行事「かまくら」で有名だ。今回の事案を担当する所轄署は横手警察署になる。

「二体のホトケさんは、昨日の夕方に火災が発生した民家の住人、三浦徳蔵・治子《はるこ》夫妻と思われるんし。二体とも炭化しておりまして、その場で社会死認定され病院搬送はされとりません。三浦家の家屋は全焼しましたが、周囲一キロメートルには他の民家がなく延焼は免れました。夫妻の一人息子である三浦善徳《よしのり》は東京在住で、難を逃れた模様だんしな」

横手市は県内有数の豪雪地帯だ。ここ数日の吹雪により遺体の掘り起こし作業は難航したという。

「横手署の捜査によりますと、妻の三浦治子は要介護3で寝たきりの状態だったんし。普段は夫の徳蔵が介護しておったようです。治子は二年前に右足を骨折してがら動げねぐなって、認知症も進んだみでぇだな。徳蔵は火災が起きた当日の午前中、近くのガソリンスタンドまで灯油を買いに行ってるんしな」

現場写真を見せてもらったが、三浦家は平屋だったようだ。鎮火後は、三浦家の建屋は跡形もなく、真っ黒焦げの梁《はり》や柱が雪にまみれながら白煙を上げていた。

「当初は石油ストーブからの出火とされましたが、詳細な火災調査により夫婦の寝室周辺に灯油を撒《ま》いた形跡が見つかったんし」

熊谷は眉間《みけん》に皺《しわ》を寄せると、教授に向き直る。

「夫が妻を殺害後、自宅に放火した無理心中事案でねんすべが？」

「――なるほどね」

教授は頷《うなず》くと、解剖台上の遺体を見つめる。

「年末は『このまま年を越せない』と悲観するのか、自殺や無理心中が多くなるからね」

秋田県は自殺死亡率が高く、常に全国トップクラスだ。「隣の岩手や山形、日本海側の新潟や富山も自殺死亡率が高いのは雪国独特の陰鬱さ、日照不足が関係しているのだろう」とは教授の弁だ。

実際、今月に入ってから自殺事案の検視や解剖が増えた。首吊りや川への飛び込み、睡眠薬の多量服用――。幼い子供を道連れにする場合もあり、無理心中の解剖後はさすがに気が滅入《めい》る。

「それでは、始めましょうか」

教授の厳かな一声で、僕や熊谷らの背筋が伸びた。死者への祈りの時間が始まる。

「黙祷《もくとう》」

教授は遺体に向かって頭《こうべ》を垂れ、静かに目を閉じた。僕も目を閉じ合掌する。

執刀医によっては、開始の合図や黙祷をせずに始める者もいるらしいが、教授は必ず祈りを捧げる。普段は豪快な教授だが、常に死者への礼節を守っている。

黙祷を終えると、教授は遺体の手足に静かに触れた。

「典型的な〈拳闘家姿勢〉だね」

人の身体《からだ》は火炎や高熱に晒《さら》されると骨格筋が熱凝固して縮み、硬直を起こす。そうなると手足の関節が曲がり、まるでボクサーが身構えた時のような姿勢になるので、我々法医学関係者は〈拳闘家姿勢〉と呼ぶ。

「南雲くん、本屍の熱傷の程度はどれぐらい？」

教授と一緒にいると、急に口頭試問が始まるので気が抜けない。僕は背筋を伸ばす。

「は、はい。ええと……、第三度と第四度が混在しています。頭部顔面と四肢は第四度、胸腹部は右側腹部と左胸部、あとは首が第三度です」

熱による皮膚障害の程度は第一度から第四度に分類される。赤くなる程度なら第一度、水疱——いわゆる水ぶくれ——ができると第二度、皮膚全層が壊死するのが第三度、炭化は第四度だ。ちなみに成人で第二度熱傷が体表の二分の一、第三度熱傷が体表の三分の一以上になると死亡する。

「よろしい」

教授が頷き、僕は安堵《あんど》の溜息《ためいき》を漏らした。

「さて、始めましょうか」

教授の一声で一体目の司法解剖が始まる。時刻はちょうど午前九時。執刀は教授、補助は僕だ。教授はステンレス製の物差しを手に取った。

すぐにメスを入れる訳ではないのだと、解剖補助に携わるようになって初めて知った。執刀医は最初に遺体の全身を隈なく視《み》る。物差しは瞳孔の大きさや毛髪の長さ、傷の大きさを測定するためのものだ。

教授は無鈎《むこう》ピンセットで、焼けてくっついた瞼《まぶた》を何とか捲ったが、眼球は高熱のせいで白く濁っていた。

「頭部顔面の焼損が酷《ひど》くて、瞳孔の大きさは不明。頭髪も焼けてしまって長さが分からない。歯牙が何とか残っているから鑑定できそうだね」

頭部顔面から首、胸腹部、上肢、下肢、背中と全身を観察する。腹壁は一部が破けて腸管が露出し、背中の皮膚には亀裂が入っていた。

外表の観察を終えたところでメスの出番だ。手渡すと、教授は事もなげに遺体の鎖骨下から恥骨までをY字切開する。

遺体の手が上方に向かって曲がっているので、避けながら僕もメスを入れる。炭化した皮膚は切開しづらい。教授のように滑らかなメス捌《さば》きとは言えず、皮膚を捲るのにだいぶ時間がかかってしまった。

「南雲くん、姿勢！　だいぶ猫背になってる」

と、教授に指摘され、慌てて背中を伸ばす。

「慣れてないからよく見ようとして、顔を近づけ過ぎなのね。いくら顔面保護のフェイスシールドをしているとはいえ、飛び散った血液や脂肪がシールドに付着するから不衛生よ。この人が重篤な感染症だったらどうするの」

「はい……」

教授は背筋をピンと伸ばし、難なくメスを動かしている。僕も真似をするが、やはり手元がよく見えず、再びメス先に顔を近づけてしまった。ヤバいと思ったが、後の祭り。恐る恐る教授へ顔を向けると、教授は無言でこちらを睨《にら》んでいた。

「すみません……」

返事の代わりに「ふんっ！」という教授の荒い鼻息が聞こえた。

「高熱のせいで筋肉の色も濁ってるし、肋骨もボロボロだね。血液は何とか残っていそうだ」

肋骨を切断して取り除き、心臓を摘出。この時点で心臓血を採取する。解剖後にこの血液で諸々の検査をする。

この後は僕が一人で臓器を摘出し、重さを量らなければならない。

まずは肝臓に取り掛かる。火炎のせいで熱凝固していて、触ると硬い。かといって力を入れると簡単に裂けてしまうので用心深く剪刀《せんとう》を動かしたつもりだったが――。

勢い余って胆囊《たんのう》に剪刀を入れてしまい、勢いよく胆汁が流れ出した。ああっ、という僕の悲鳴を聞きつけ、熊谷がメスシリンダーを持って来てくれた。僕は慌てて血液交じりの胆汁をレードルで掬《すく》う。「どうしたの？」と教授も僕の手元を覗《のぞ》き込んだ。

「すみません……」

「胆管を切断する時は、もっと十二指腸側で切らないとダメ。薬毒物検査で胆汁が重要な検査試料になることもあるから、次は気をつけて」

僕は頷き、深呼吸をする。

肝臓に続いて、右の副腎と脾臓《ひぞう》、左の副腎、腸管、左右の腎臓と、手際よく出そうとするも、どの臓器も熱凝固していて時間がかかってしまう。

教授は切り出し台の前に立ち、一個一個の臓器を切開しながら観察していた。

「南雲くん、本屍は男性？　女性？　どっち」

教授にそう問われ、骨盤底から膀胱《ぼうこう》を剝離する。

「――男性です。子宮と卵巣がありません」

膀胱の直下、骨盤の一番深い所に前立腺が触知できる。陰茎や左右の精巣は焼け落ちていて存在を確認できなかった。

「三浦徳蔵だべな。せば、あっちのホトケさんが妻の治子が……」

熊谷が独り言を呟《つぶや》きながら、僕の手元を覗き込む。教授が切り出し台からこちらを振り向き、

「南雲くん、頸部器官と肺、急いで！　気管内を早く視たいから」

「は、はいっ！」

骨盤内の膀胱、直腸、前立腺を一括で摘出すると、遺体の頭側へ移動する。

焦げた皮膚が煤片となって床に散らばり、それを踏みそうになってよろけてしまった。軍手もビニール製のエプロンも既に真っ黒だ。

縮んで硬くなった舌を鉗子《かんし》で引っ張りながら、口蓋扁桃の周囲をメスで切開する。鉗子を持ち上げながら左右の総頸動脈を切断し、舌から食道と気道、肺を一括で取り出した。写真撮影した後で教授に託す。

「口蓋扁桃周囲に煤片は見られないです」

「分かった」

教授は頷きながら、頸部器官と肺が入ったバットを受け取った。

僕は続けて脳の摘出に取り掛かる。

頭蓋骨に電動鋸《のこ》の刃を入れると、もろくなった骨の欠片《かけら》が飛び散り、熊谷に当たってしまった。電動鋸を一時停止し、僕は平謝りした。熊谷は「なんもだ」と片手を振りながら笑う。教授は「何やってんのよ！　危ないじゃない！」と怒鳴る。

「いやいや、教授。オラが悪《わり》ぃ。ホトケさんの頭をえぐ視ようど思って、南雲先生さ近づぎ過ぎだんす」

熊谷がとりなしてくれたおかげで、教授の怒りは収まったようだ。

遺体の骨がもろいせいで、開頭もいつもより時間がかかってしまい、頭蓋骨を外して硬膜を露出させた頃には全身汗だくだった。そこへ教授が様子を覗きに来る。

「南雲くん、これは？」

教授の口頭試問がまた来た。教授は、頭蓋骨の内面や硬膜に付着したレンガ色の血液塊を指差す。

「〈燃焼血腫〉です」

〈燃焼血腫〉は、頭部が高熱に晒された時に生じる。

「うん、よろしい。まあ、質問としては簡単だったね。これに答えられないと、法医解剖医失格だから」

教授は頷くと、切り出し台へ戻る。僕は続けて脳を取り出す。脳も熱変化のせいで硬くなっていたが、異常はなさそうだ。

遺体の舌から口蓋扁桃、舌骨、甲状軟骨と気管内を観察していた教授が「熊谷さん、ちょっと来て！」と手招きした。熊谷は切り出し台に駆け寄り、僕も教授の背後から目をやる。

「甲状軟骨と舌骨がボッキリ折れてんのよ。それに、気道内に煤《すす》が全くない。生活反応が全然ないね」

「えっ⁉　本当ですか」

僕は驚きの声を上げる。

気道内に煤片がないということは、この遺体は火事の最中に呼吸をしていない。すなわち「火事の前に死んでいた」ことになる。

「こりゃ、ただの無理心中事案じゃなさそうだね。大事件じゃない？　大変大変」

教授は意地悪そうに笑い、熊谷を煽《あお》った。

「ありゃあ……！　何とすべぇ」

熊谷は眉間に皺を寄せ、腕組みをする。横手署の警察官らも慌てている。

「上杉教授。甲状軟骨と舌骨は、首吊りでも折れるんすべ？」

熊谷が情けない声を出す。「無理心中事案で片づけたい」という本音が垣間見える。

「三浦徳蔵が妻を殺害した後で首を吊ったとしたら、誰が放火したのよ。徳蔵の幽霊？」

「徳蔵が妻を殺して火を放ち、その後で首を吊ったどしたら、なんただすべ？」

「それなら、気道内に煤を吸い込んでいるわよね」

「……………」

「徳蔵が妻を殺害した後で、首を吊って自殺した。そこに第三者が現れて、二人の遺体ごと家に放火したとか言うんじゃないよね」

「いや、それだば……」

「首吊りの〈縊頸《いっけい》〉よりも首絞めの〈絞頸《こうけい》〉の方が、甲状軟骨や舌骨が折れる可能性が高い。顔面と首の筋肉が炭化してて、うっ血状態や眼瞼《がんけん》の溢血点、骨折部周囲の出血が分からないのが残念だけど」

　教授の言葉に、熊谷は更に肩を落とす。

　僕は解剖の合間を見て、遺体の血中の一酸化炭素（CO）濃度を測定した。COオキシメーターという機器に遺体の心臓血を僅《わず》かな量――五十マイクロリットル――セットすると、数分も経《た》たない内に結果が分かる。

　火災などで一酸化炭素がヒトの体内に入ると、ヘモグロビンと結合してCOヘモグロビンとなる。一酸化炭素とヘモグロビンは結合しやすく、酸素とヘモグロビンの結合力の数百倍もある。そのため、ヘモグロビンの酸素運搬能力が下がってしまい一酸化炭素中毒となるのだ。

「教授。心臓血のＣＯヘモグロビン濃度は三・五パーセントしかありません」

ＣＯヘモグロビンの正常値は数パーセント未満であり、喫煙者は高い値が出る場合がある。

「そう。やっぱり火災の前に死亡してるね」

「あややー！　これだば、参ったな。横手署さ捜査本部立ち上げねぇばなんねぇが」

熊谷は豪気そうな見かけによらず、大事件になりそうな時は気弱になる。

「もう一体の解剖結果はどうだべなぁ。あっちも火事の前に死んでらったら、捜査は一からやり直しだでぇ」

「強盗殺人の可能性はどうでしょう？　盗みを働いて、家人を殺して放火したとか」

「可能性は低いですな。金目の物がありそうな家じゃねえし、流しのよそ者がいればすぐに分がる地域だんし。確かに年末は強盗被害が多いども、あんけ雪深い地域なんか狙わねぇべな」

僕の推理は即座に否定されたが、まだまだ諦めない。

「そもそも、三浦治子は本当に介護が必要な状態だったんですか？　実は身体の自由が利く治子が、逆に徳蔵を殺して自殺し放火したとか」

「それは絶対にあり得ねんし。三浦家に通う介護福祉士がいだみでぇだし。詳細な事情聴取はこれがらだども」

的外れな推理ばかりするものだから、教授に白い目で見られた。

一体目の解剖が終わりかけた頃、解剖室のドアが開いて静かに現れたのは、上杉教授の夫で歯科医の上杉秀世《ひでよ》だ。相変わらず足音がない。真っ白なざんばら髪とガリガリにやせ細った風貌から幽霊に間違われること数多《あまた》。秀世を目撃した医学生や職員の間で「法医学教室近辺に、白髪男性の幽霊が出る」「白髪鬼に出くわしたら呪われる」などと、まことしやかに語られているが、面白いので事実を伝えず黙っていることにした。教授と同い年と聞いているが、年齢よりだいぶ老けて見える。

身元不明の遺体が発見されると、秋田県警から秀世へ歯科鑑定の嘱託をする。その度に秀世はこうして秋田医科大の法医解剖室へ現れるのだ。

「秀世先生、遅かったですね」

「おう、南雲先生。ひやしぶりだな。元気だったが？　大雪で電車が遅れでよう。ごめんしてけれ」

そう言って、秀世は軽く片手を上げる。

教授と秀世、どちらも「上杉先生」だとややこしいので、警察や法医学関係者からは「秀世先生」と呼ばれている。

秀世は大仙市《だいせんし》大曲《おおまがり》在住で、歯科医院を開業している。大学の職員寮に住む教授とは別居状態だ。ちなみに大曲は花火が有名な町で、横手市の北に位置する。大曲も横手市と同様に雪深い地域で、この時季、在来線はしょっちゅう遅れたり止まったりする。大曲から秋田まで普通電車だと片道一時間弱かかるので、その都度呼び出される秀世は大変だ。以前「秋田市内に引っ越せばいいのに」と提案したが、地元が好きで離れたくないのだと言っていた。

「南雲先生、ちょっと」

秀世は解剖室の隅に僕を呼ぶ。何やら密談があるらしい。

「解剖終わったらよぉ、一杯やるべ。今日、仕事納めだべ。お清めだ」

仕事の話かと思いきや、忘年会の誘いだった。

「今日は二体もあるんですよ。終わるの遅くなりますよ」

「大丈夫だ。炭化した遺体の解剖は意外と早ぇ。夕方までには終わるべおん。ほれ、まだ昼めぇだ」

かかか、と笑いながら秀世は解剖室の壁掛け時計を指差す。

「『爛漫《らんまん》』の一升瓶、持って来たがらよ。いや、重でがったで。おめぇ、日本酒好きだもんなぁ」

「本当ですか⁉　やったぁ」

「二人とも、無駄話は後にしてよ！　この後、二体目の解剖が控えてるんだからね！

秀世先生、こっち来て早く歯を視てくれない？　終わり次第、二体目に移るから」

教授に怒られ、僕と秀世は亀のように首を竦《すく》める。秀世は「そんたに、ごしゃぐなや」と言いながら解剖台に近づく。「そんなに怒るなよ」という意味だ。熊谷とも久しぶりに会ったようで、挨拶を交わしている。

「秀世先生、しばらくぶりだんし。まめでらが？　遠いどご、呼んでしまって申し訳ねんしな」

「おお、熊さん！　ひやしぶりだな。実は、この前『つづらご』になっちしまってよぉ。入院の一歩手前で大変だったおの。やっと治ったばっかりでよ」

「つづらご」とは方言で「帯状疱疹」のことだ。水ぼうそうのウイルスは治った後も体内に潜んでいるのだが、免疫力の低下や加齢で再活動し発症する。症状は水ぶくれを伴う赤い発疹や皮膚の痛み、発熱などだ。首から上に発症した場合、顔面神経麻痺《まひ》や難聴を引き起こして重症化することもある。

「『つづらご』の話は後でいいから！　早く！」

再び教授に怒鳴られ、秀世は「へいへい」と首を竦める。そして遺体に一礼し、探針とミラーを手に取った。

「――どれどれ。ほっほー。なるほどな」

秀世は遺体の口腔内を覗き込み、何やら呟いている。

秀世は独り言が多く、最初の頃は話し掛けられたのかと思い返事をしていたものだ。さらに上杉教授の独り言は秀世に輪をかけて多い。常にブツブツと喋《しゃべ》っているものだから、僕の目に見えない誰かと会話しているのかと思って怖くなる。実際に今も教授は、遺体の腸管に顔を近づけ何か呟いていた。

「南雲くん、ちょっと来てごらん」

教授が手招きするので切り出し台に近づき、遺体の腸管に視線をやる。

「うわ……何ですかこれ？」

小腸や大腸壁にポツポツとポリープが形成されていた。その数は十個程度。熊谷も顔を顰《しか》めている。

「三浦徳蔵の病歴は分がらねっすな。通院歴がねがったもんで」

「これは消化管ポリポーシスの可能性があるね。胃粘膜にもポリープがあるのよ。下痢なんかの症状が出ていたと思うけど『病院に行く程ではない』と放置してたかもね」

と、教授が僕に胃を手渡してきた。確かに腸管ほどではないが、胃の粘膜面に数個のポリープが認められた。

教授は熊谷に、三浦徳蔵の病歴を再捜査するよう指示を出した。

この間に秀世は歯科鑑定を進めていて「遺体は六十代から七十代の男性」と結論づ

けた。

「歳の割には、まあまあ綺麗《きれい》な歯だな。ヤニ汚れがあるがら、煙草吸う人だ。治療痕があるがらよぉ、近所の歯科医院当だれば、すぐに身元分かるんでねぇが。三浦夫妻のデンタルチャートを取り寄せでけれ」

熊谷は「承知しました」と、横手署の警察官に何やら指示する。

歯牙が残存した上で治療痕がある場合は歯科鑑定が可能だ。逆に治療痕がない場合は、歯科医院に通院しておらずデンタルチャートが存在しないので鑑定はできない。総入れ歯の人も、歯が残存していないので不可能だ。

「さて、一体目はこれで終わりかね。すぐに二体目に移るから、南雲くん準備して」

教授の一声で、再び忙しくなった。

本来ならば、遺体を縫合し綺麗に洗浄・清拭するのだが、炭化した遺体はそうもいかない。皮膚がボロボロと崩れてしまうのだ。こんな時は、ある程度まで縫合したら晒し布や包帯で綺麗に巻いてお返しする。

二体目の遺体が運び込まれるまでに、解剖台を洗浄し解剖器具を揃える。この間に教授は書記机で一体目の解剖報告書の手直しをしていた。秀世はというと、解剖室の隅で置物のように座っている。

警察官がストレッチャーを押して来た。

解剖台に載せられた二体目の外表は、一体目と同様に第三度と第四度熱傷が主だ。こちらも腹壁の一部が破け、腸管がはみ出ている。再び皮膚切開に苦労したが、教授のメス捌きは相変わらず速くて綺麗だった。

「さっきは私が心臓を取り出したから、今度は南雲くんがやってみて。私は腹部臓器を出すから」

教授は言うや否や、熱で硬化し一部が破裂している腹直筋に剪刀を入れた。

僕は、焦げてボロボロの肋骨を取り除き、熱硬化した心膜をあらわにした。左右の肺はやたらと薄っぺらく、胸腔《きょうくう》がかなり空いている。心膜に剪刀を入れた時点で、手ごたえがいつもと違うと感じた。首を傾《かし》げる僕に教授が気づく。

「南雲くん、どうしたの？　何か所見あった？」

「いえ……」

違和感の正体が分からず困惑する。露出させた心臓はぺっちゃんこで、周囲の血管を切断しても血液は出て来ない。

「あれ……？　教授、心臓がやたらと軽い上に、心臓血が全然採取できないです」

高齢者だからだろうか？　僕は肺を手で探ってみた。軽い気がする。試しに左肺を持ち上げ、仰天した。

僕と教授は同時に声を上げた。

「お腹の中が腐ってドロドロ！」

「肺が腐っていますよ、教授！」

二体目の遺体は高度腐敗状態だった。教授は腹部臓器を手で探る。

「表面は熱変性で硬くなっていたから気づかなかったけど、脾臓や副腎、膵臓《すいぞう》は泥状化しているし、肝臓は蜂窩状《ほうかじょう》になってる！」

蜂窩状とは、ハチの巣のように穴ぼこだらけに見えることだ。腐敗ガスが発生すると臓器内に気泡ができ、蜂窩状になる。心臓を隈なく観察すると、一部に粟粒斑《ぞくりゅうはん》ができていた。

粟粒斑とは、腐敗した遺体の心臓に見られる白色の顆粒状物質だ。主要成分はカルシウム塩だが、どのように生成されるのかは未だ謎である。

少し離れた場所に立っていた熊谷が、慌てて飛んで来た。

「腐ってるんすど⁉　なしてこんな……」

熊谷は、僕が手に持つ心臓と遺体の腹部を交互に見る。

「火事のだいぶ前に死んでらんだべな」

「そうねぇ。こうして腹部の臓器を視たところじゃ、死後一ヶ月ってとこかしら」

「一ヶ月……！」

熊谷は腕組みをして犬のように唸《うな》り始めた。

秀世は相変わらず、隅で置物のように二体目の解剖を眺めていたが、おもむろに立ち上がると、こちらへ近づいて来た。秀世は過去に他の法医学教室に勤めた経歴があり、解剖も一通りできる。

「ほっほー。見事に腐ってらな。——おや」

秀世は使い捨ての手袋をはめると、熱で破けている腸管を摘《つま》む。そして破れ目から腸管を僅かに開き、何やらじっと眺めた。

「秀世先生、どうしたんですか？」

「ほれ、ポリープがじっぱりあるど」

「本当⁉　一体目にもあったわよ」

僕も教授も秀世の手元を覗き込む。

「男性屍と同じ病気でしょうか？」

僕がそう質問すると、教授は頷く。

「その可能性が高そうだね。後でちゃんと開いてみよう」

骨盤内には子宮と卵巣があった。間違いなくこの遺体は女性だ。

腹部臓器の後に、舌と気道、両肺を一括で取り出す。男性屍と違い、甲状軟骨と舌骨は折れてはいない。当然の如く、気管内に煤片は見られなかった。

「この人、甲状腺にも腫瘍があるね。腐っていても分かるわ」

教授が指差す先を見ると、甲状腺の右側が大きく膨らんでいる。

「教授、これは死因に直結しますか?」

「いやぁ、分からんね……」

と、教授は考え込んでしまった。

続いて僕は脳の摘出に取り掛かる。やはり頭蓋骨は脆《もろ》くボロボロだ。脳は高度腐敗によりドロドロになっていたが、そこに熱変化が加わったものだから、今まで見たことのない状態になっていた。「高度腐敗の遺体が炭化するとこうなるのか」と、教授も秀世も興味津々で頭蓋内を覗く。

血液と尿が採取できなかったので、血中の一酸化炭素濃度は測定できなかった。こういう場合は、肝臓や腸腰筋など臓器や筋肉の一部を採取し、それで薬毒物検査をする。

「さあて、問題の腸管を開いてみましょうか」

摘出した腸管を金属製のバットに入れて教授に渡す。教授は腸剪刀で切り開き粘膜面を丁寧に視てゆく。

「やっぱり、男性屍と似たような消化管ポリポーシスだけど、こっちの方が酷い。一部が癌化してるよ。よくここまで放っておいたねぇ。下血や血便の症状が出ていたと思うけどな。こうなればもう大腸全摘しかないよ。こんなの今まで見たことない。鑑識さん、写真撮影お願いね」

腸管の粘膜面を見た途端、鳥肌が立った。無数のポリープが集合体をなしている。まるで岩肌に密生するフジツボのようだ。超ベテランの教授でも「見たことない」と言うからには相当の病変だ。よく記憶に留めておこうと僕は目を皿のようにする。

「夫婦で同じ病気を患うなんて珍しいですね」

「確率としては低いけど、全くない訳ではないよ……」

と、教授は開いた腸管を見つめながら眉間に皺を寄せ、何かを考えている。

「教授？」

「ああ、ゴメンゴメン。考え事」

教授が腸管を開いている間に、秀世は歯を視ていた。一体目同様、治療痕があり歯科鑑定が可能らしい。「歯垢が多いども、まあまあ綺麗な歯だな」とは秀世の弁だ。

「歯から推測するに、二体とも六十代から七十代だな。三浦夫妻の年齢ど合致する。後はデンタルチャート待ちだなや。頼むで」

と、秀世は熊谷と横手署の警察官に催促する。

「外表はこの通り、ほぼ炭化していて分からなかったけど、内臓には損傷がなく、死因に直結しそうな病変は、甲状腺癌と消化管ポリポーシスの大腸癌ぐらい。後は加齢性の変化だね。高度腐敗のせいで詳細は不明だわ」

教授は最終的に男性屍の死因を「頸部圧迫による窒息」、女性屍の死因を「不詳」とした。

「上杉先生。んだば、一体目の男性屍は……？」

熊谷がそう尋ねると教授は、

「殺害されたものとみて間違いない。犯人は、男性を殺害した直後に放火した可能性が高い。女性屍に関しては殺害された可能性は低そうだ。何故《なぜ》、一ヶ月も遺体が放置されていたかは不明」

「殺人放火事件」として捜査は仕切り直しとなるようだ。熊谷はさらに苦々しい表情になり、教授は「後は頑張って」と、まるで他人事《ひとごと》だ。

「実は……。容疑者が一人、浮上しておるんし。さっき、横手署から報告があったおの」

熊谷は、険しい表情のままそう言った。僕は意気込んで尋ねる。

「誰ですか⁉」

「――一人息子の三浦善徳だんし」

やはり、と僕は頷く。余所者の犯行の可能性が低いとなると、犯人は身内しかいない。

「三浦家近隣の商店や横手駅の防犯カメラ映像の解析や近隣住民への聞き込みの結果、

夫妻の一人息子である三浦善徳が、東京から舞い戻っておったらしいです」

　三浦家周囲に残されていた善徳の足跡は、全て雪が消し去っていた。苛烈な気候に左右されると、捜査は難しくなる。

「善徳を重要参考人として捜索しまして、先程、横手駅前で身柄を確保したとのことです」

　教授が、ふうん、と興味が薄そうな相槌《あいづち》を打つ。

「善徳は『昨日の昼過ぎ、数年ぶりに実家に帰ったのに父親から門前払いされた』『母親には会えなかった』と供述しておるんし。善徳は仕方なくその足で近所に住む、伯父の三浦一男《かずお》を訪ねるも不在だったみでぇだな。まあ、近所と言っても一男宅までは北東方向に一キロメートルもあるんすな。一男は治子の実兄で、三年前に妻の敏子《としこ》を亡くし独居だんし。三浦家では一男宅を『本家』と呼んどりました。一男と治子の兄妹仲は良がったみでぇで、しょっちゅう往来があったんしな。治子は三浦本家から徳蔵に嫁いだ形になるども、その地域には三浦姓が多くてな。徳蔵は本家とは親戚筋ではない全くの他人のようだんし。――全く、ややこしねぇな」

　三浦善徳は身柄を確保されるまでは横手駅前のビジネスホテルに滞在していた。

「善徳は高校を卒業すると、歌手を夢見て東京さ出て行った。何年経っても芽が出ず、職を転々としてらったみでぇだな。徳蔵が仕送りするごどもあったらしいおの。今は、アルバイトで食っていだんだど」

状況からして、限りなく息子が怪しい。東京で尾羽打ち枯らして帰郷し、徳蔵に金の無心でもしたのではなかろうか。それを断られ、逆上して殺害し、自宅に放火したに違いない。しかしそうなると、治子が死後一ヶ月も放置されていた謎が残る。

ふと気づくと、教授が横目で僕を見ていた。

「余計なことを考えるのは、時間の無駄だよ」

「………………」

「解剖終了。さっさと後片づけ頼むよ」

「はい……」

力なく返事をすると、汚れた器具を回収し、遺体の縫合に着手する。

所轄の警察官は、この雪の中、更に雪深い横手まで遺体を運んで帰らなければならない。秋田自動車道を走れば一時間ほどだろうが、大雪のせいで封鎖されている可能性がある。一般道だと一時間半以上はかかるだろう。

一礼して遺体を見送ると、解剖室の後片づけをする。着替えを済ませる頃には午後四時に近くなっていた。

騒がしかった解剖室が嘘のように、廊下は薄暗く静まり返っていた。あと三十分もすれば辺りは夕闇に包まれる。

渡り廊下に降り積もる雪は朝より多かったが、風は止《や》んでいた。秋田の冬の夜は、雪のおかげで夜道がぼんやりと明るい。ネオンや街灯が煌々《こうこう》としていた東京の夜は、僕を癒してくれることはなかった。それに比べて秋田の雪の夜道は何だか心が和む。木々や家の門扉に積もった雪がぼんぼりの灯《あか》りのようで、胸が温かくなるのだ。

おっと、こうしてはいられない。法医学教室のミーティングルームで、秀世と「爛漫」の酒瓶が僕を待っている筈《はず》だ。

僕は、教授と秀世の足跡が残る渡り廊下を一気に駆け抜けた。

十二月二十九日（火）

明けて次の日。地元紙「秋田北斗新報」の一面トップに今回の事件の見出しが躍り、全国ニュースやワイドショーも大騒ぎだ。事件現場の横手市杉沢に報道陣が押し寄せ、どの局もアナウンサーやコメンテーターが熱弁を振るっている。普段は静かな地域なのに、地元住民はさぞかし迷惑だろう。

新聞もテレビも「一人息子に任意で事情聴取」と報道し、世間は三浦善徳犯人説に傾きつつあるようだ。善徳が東京で暮らしていた安アパートの大家や、アルバイト仲間に突撃取材している番組まであった。

このまま視聴を続けたら頭が痛くなりそうだ。溜息をつきながら、騒々しいテレビの電源を切った。

僕は法医学教室のミーティングルームにいた。

本来なら大学は今日から一月三日まで年末年始の休日だが、どうせ帰省する先もない。昨日解剖した遺体の血液と尿の検査や、自身の研究テーマの実験など、朝からやることが盛りだくさんで、今はそれらが一段落し、コーヒーを飲みながら休憩中だ。

ちなみに僕の研究テーマは秋田の有毒植物だ。休日には秋田県内の山へ入り植物を採取するのが半ば趣味になっているが、雪の季節となると身動きが取れなくて困る。

窓の外では、ぼた雪が降り続いている。昨日がピークだったようだが、まだまだ止む気配はない。

昨日の忘年会は結局おあずけになった。移動の疲れが出たのか、秀世が急に「つづらごの病み上がりで本調子でねんな」「雪で電車が止まらねぇ内に帰るべ」と言い出し、職員寮には宿泊せず大曲へ帰ってしまったからだ。

テーブルに置かれた「爛漫」の一升瓶を未練がましく眺める。ここ最近は、めっきり日本酒党になってしまった。秋田の酒は美味《うま》くて仕方がない。一升瓶が視界に入ると目の毒なので、冷蔵庫脇の隙間に寄せた。

僕は酒好きだが弱い質《たち》ですぐに眠くなる。熊谷検視官や秀世は酒に強く、一緒に飲むと僕が最初に潰れる。さすがは秋田の男たちだ。しかしその上を行くのが上杉教授である。日本酒に限らず、どんな酒でも飲み、顔色一つ変わらない。毎日、晩酌をしているとのことだが、二日酔いで苦しんでいるところを見たこともなく、誰よりも早く出勤している。

今日も教授は僕より早く来ていて、さっきから教授室や検査室を行ったり来たりと忙《せわ》しない。薬毒物検査担当の職員を呼び出し、昨日採取した検体でアルコール検査をさせていたので、結果が気になるのだろう。ウイルス検査と簡易薬物検査の結果をいつ伝えに行こうかと迷っていた矢先、教授の方からミーティングルームに飛び込んで来た。

「男性屍からは何も出なかったよ」

そう言いながら、僕の向かい側にどっかりと腰を掛ける。

「そっちは？　何か出た？」

「三浦徳蔵の尿で簡易薬物検査をしたところ、何も出ませんでした。B型肝炎、C型肝炎、HIVの検査は全て陰性です。三浦治子からは血液と尿が採取できなかったので、検査しておりません」

教授は、よし、と頷く。

「犯人は、衝動的に首を絞めて殺害し、家屋に火を放った可能性があるね」

「それでは、妻の治子は？　徳蔵が一ヶ月前に治子を殺害していたということですか？」

「そこだよ！」

教授は平手で、バン、と机を叩く。マグカップからコーヒーが零《こぼ》れそうになり、僕は少し飛び上がった。

「三浦治子の外表は炭化していて分からなかったけど、内臓は消化管ポリポーシスと甲状腺癌以外にこれといって異状はなかった。推測の域だけど、自然死か病死ってとこかもね。三浦徳蔵はそれを知りながら周囲に隠していた可能性があるよ。これから三浦治子の肝臓で薬毒物検査してもらう予定だけど、おそらく何も出ないと思う。三浦治子が何故一ヶ月も放置されていたかに関しては、警察の捜査にかかってるね。じゃ」

と、教授は再び忙しなくミーティングルームを出て行く。

一人残された僕は、窓の外のぼた雪を眺めながら考えてみる。

何故、三浦治子は死後一ヶ月も放置されたのか。何故、三浦徳蔵は殺害されたのか。そして何故、犯人は三浦家の家屋に放火し二人を燃やしたのか——。

司法解剖は終わったのに、謎は深まるばかりだ。

午後になり熊谷検視官が教授を訪ねて来た。

熊谷は徹夜明けなのか憔悴《しょうすい》しきっており、いつもの潑溂《はつらつ》さが失われていた。若々しくとも、寄る年波には勝てないのだろうか。僕がコーヒーを出すと「あや、しかだねぇ」と、力なく片手を上げる。

「別件で大館《おおだて》の方まで行って来たおの。まんず、雪のせいで何もかんもならねぇ」

大館では独居老人の孤独死事案があったらしい。事件性は薄く司法解剖にはしないとのことだ。

熊谷は熱いコーヒーを一口啜《すす》り「かぁ、うめぇ！」と声を上げる。コーヒーのおかげで、少し元気を取り戻したらしい。

「苦いコーヒーには、やっぱり甘い物よね」

教授はそう言い、流し横の戸棚から蓋つきの菓子器を出して来た。おそらく角館《かくのだて》の樺細工《かばざいく》だろう。教授が「はい、どうぞ」と蓋を開けると、そこには秋田銘菓の「もろこし」が山盛りで入っていた。余りの量に、僕と熊谷は絶句する。

もろこしは落雁《らくがん》に似た干菓子だが、小豆粉が練り込まれている。甘党の僕でも数個食べたら十分なぐらいの甘さなのに、教授はボリボリと無心に食べ、美味そうにコーヒーを啜っている。まるでリスみたいだ。

「もろこしとコーヒーは合うんですか……？」

僕の問いに、教授は大きく頷いた。

「もちろん！　止まらなくなるわよ。二人とも、遠慮しないで食べなさいよ」

「いや……。オラだば、いいっす」

熊谷はおそらく辛党なのだろう。もろこしを貪《むさぼ》る教授を横目に、革張りのアタッシエケースから書類を取り出した。

「三浦治子の介護に通っていた『ホームケアセンターよこて』の介護福祉士・児玉育江《こだまいくえ》と、三浦徳蔵の行きつけで生活雑貨を扱う『鎌田《かまた》商店』の店主・鎌田テツに事情聴取をしたおの」

治子の認知症は、寝たきりになる前から症状が出ていた。特に徘徊が酷く、徳蔵が治子を探し回る姿が何度も目撃されていた。

「治子は徳蔵を認識できず『知らねぇ人につき纏われている』ど、警察さ通報もしてらったんだど。治子は兄の一男に助けを求めでよぉ、本家さ何度も行ってらんだど。まぁ、もともとあっちが自分の家だったがらな。——徳蔵が不憫《ふびん》だな」

治子が骨折したのは徘徊中の出来事で、それをきっかけに寝たきりになってしまった。徳蔵だけでは介護ができず、ホームケアセンターよこてを頼り、児玉育江を派遣してもらうことになった。徳蔵は献身的に治子の面倒をみていたという。

その児玉育江は「一ヶ月ほど前に、徳蔵から『もう来なくていい』と訪問介護を断られた」と証言した。また、鎌田テツも「奥さんの容態を徳蔵に訊《き》くと、言葉を濁すようになった」と証言した。

「児玉育江は治子の血便の症状を知っており『病院に連れて行こうとしたら、本人に頑《かたく》なに拒否された』と語っておったんし。治子は『家で死にたい』と強く願っておったと。その『家』ってのは実家の方だったみでぇだな。徳蔵と暮らす自宅を、老人ホームか病院だと思い込んでいだんだ」

なるほど、と教授は頷く。

「こうなると、徳蔵が治子の死を隠していたことは明白だね。〈通報遅延〉の事案かもしれないよ」

教授の言う〈通報遅延〉とは、同居する家族などが死亡した際にその死を隠匿《いんとく》することである。動機や目的は様々で、貧困、年金詐取、精神疾患、宗教上の妄信、愛着など多岐にわたる。家庭内別居状態で、単に「相手が亡くなったことに気づいていなかった」なんてケースもあった。

孤独死よりも通報遅延の方がずっと深刻なのではないかと思う。一緒に住んでいる人がいながら遺体が放置される訳だから。自分がその当事者になってしまったら、ものすごく哀《かな》しい。

「もしかして、母親の死が隠蔽《いんぺい》されていたことを知った息子が、逆上して父親を殺害したのでは？」

「私もそう思ったんす。しかし、当の本人が殺害を強く否定しておるんし。善徳はシロに近ぇどもな。見栄っ張りだが気が弱そうで、虫も殺せねぇような男みでえだども、消費者金融への借金がかなりあるんしな。総額は三百万。三浦夫妻の保険金の受取人は善徳だがらよぉ、殺害動機はあるごどになるな」

「本性は分かりませんよ。人は見かけによりませんから。こうなると、殺害動機は金ですよ」

僕は食い下がる。そんな僕の様子に教授は呆《あき》れていた。

「次は、鎌田商店の爺さんとか、介護福祉士が犯人とか言い出すんじゃないよね。登場人物を全員犯人にしていったら、その内、当たるよ。そんなの名探偵でもなんでもないわ。もっと論理的に物事を考えなさいよ」

その時、法医学教室の電話が鳴った。受話器を取ると相手は秀世だった。珍しく興奮している。

「昨日はお疲れ様でした。どうしたんですか？　やけに慌ててますけど」

「永久子……、いや、教授はいるが？」

「ええ、ここに。熊谷さんもご一緒ですよ」

「ちょうどいがった！　教授ど代わってけれ。昨日の二体のデンタルチャートの件だ」

教授に受話器を渡す。教授は取り乱すことなく秀世の話を聞き、ものの数分で電話を切った。

「何か分かったんですか？　秀世先生、やけに興奮していましたが」

「昨日、上杉に採取してもらった歯科所見、女性屍の歯型は三浦治子のデンタルチャートと合致したけど、男性屍は三浦徳蔵のデンタルチャートと合致しなかった」

「え？　――と、いうことは？」

「男性屍は、三浦徳蔵じゃなかったね」

教授は、やけにあっさりと言い放つ。

捜査が振り出しに戻ったかのように思えたのか、熊谷は「たっはー」と、頭を抱える。

「熊谷さん。落ち込むのはまだ早いよ。昨日お願いした『例の結果』が、まだじゃない」

「んだった！　上杉先生、どもっす」

熊谷は、おきあがりこぼしのように身体を起こすと目を輝かせる。そして「ちょっくら失礼」と窓際まで行き、自らのスマートフォンでどこかに電話を始めた。

「教授。熊谷さんに何をお願いしたんですか？」

「内緒。自分の頭で考えてみなさい。二体の解剖中に答えは出てる」

「……降参です。何も思いつかないです」

「諦めるのが早過ぎるよ！　全く。――二体に共通する特徴的な所見は何だった？」

「ええと……」

やはり衝撃的だったのは、二人とも消化管ポリポーシスを患っていたことだろう。

「偶然じゃないよ。必然。消化管ポリポーシスの分類を思い出しなさいよ」

「分類……遺伝性と非遺伝性があります」

「そう。答えが出たじゃない」

「あっ！」

教授は二人の消化管ポリポーシスを遺伝性と捉え、二人の間に血縁関係があるのではないかと推測したのだ。

「二体の消化管ポリポーシスは遺伝子解析や病理診断をしないと詳細は分からないけど、恐らく〈家族性大腸腺腫症（ＦＡＰ）〉じゃないかと思う。男性屍の胃にはポリープ、三浦治子の甲状腺には腫瘍があったし。進行の程度には個人差があるから、治子の方が早かったんでしょう」

家族性大腸腺腫症は若い頃から大腸ポリープを多数発症し、そのまま放置すれば将来必ず大腸癌へと経過する、常染色体顕性遺伝の疾患である。特徴的な合併症として消化管ポリープや甲状腺癌、骨軟部腫瘍などがある。

「熊谷さんに依頼したのは、DNA鑑定ですね」

「ザッツライト！　科捜研でやってくれるよう、解剖後に遺体の筋肉や血液を提出したんだよ」

教授は両手をパンと叩く。そんな展開になっていたとは全然気づかなかった。解剖補助失格である。教授は解剖直後から男性屍が三浦徳蔵ではなく、三浦治子と血縁関係のある者だと分かっていたのだ。確かに、昨日から教授は「男性屍」とは言うものの「三浦徳蔵」とは言っていなかった。

しかし、落ち込んでいる暇はない。僕はひたすらノートにメモをする。

「そろそろ、鑑定結果が出る頃だよ。科捜研に鑑定を急いでもらうよう、熊谷さんに強くお願いしといたから」

教授は熊谷に視線をやる。窓際で電話を続けている熊谷の表情は、先ほどまでとは打って変わってかなり明るい。「それじゃ」と会話を終えた熊谷は嬉しそうに戻って来た。

「上杉先生！　DNA鑑定結果が出だんすと！　先生の予想通り、男性屍と女性屍には血縁関係が認められました。年齢から三浦一男の可能性が高そうだんし。三浦徳蔵を重要参考人として、目下捜索に当たらせておるんし」

「そう。良かったね」

　教授は満足そうに腕組みし、ふんぞり返る。僕はまだ、事件関係者の整理がつかず混乱していた。

「――火事で死亡したとされていた三浦徳蔵が実は生きていて、男性屍は徳蔵の義兄の三浦一男だった。徳蔵は一男を殺害して自宅に放火し逃走中ということで、合ってます？」

「んだんだ」

　熊谷は頷き、美味そうに冷めたコーヒーを啜る。

「この雪だ。徳蔵はそう遠くへ逃げでねぇべおん。もしかしたらもう――」

　熊谷は窓の外に視線をやり、最後までは言わなかった。

　直後、熊谷の元へ横手署から連絡が入った。声の険しさからして、事件が大きく動いたようだ。僕と教授は聞き耳を立てる。電話が終わると熊谷は我々に神妙に向き直った。

「――一昨日の午後、横手市内の葬儀社に匿名男性から葬儀依頼があったんすど。匿名男性は『費用を渡す』と言い、一男宅の住所を申告したみでぇで。葬儀社の営業担当が一男宅を訪ねると誰もおらず、玄関先には五十万円入りの封筒が残されていだったど」

　横手署は三浦徳蔵宅と三浦一男宅の近隣を捜索。火災現場の裏山で雪に埋もれた高齢男性の遺体を発見した。恐らく、三浦徳蔵だ。熊谷の悪い予感は的中してしまった。

「これがら、横手まで行がねばねぇ。遺体の懐がら遺書が出て来たみでぇだな。現場の状況がら、死因は恐らく凍死だと思われますが、明日、司法解剖お願いしていいすべ？　身元の確認は、息子の善徳に面通しさせます。年末休みのどこ、申し訳ねぇっすな。秀世先生にも連絡しねば。横手署が三浦一男のデンタルチャートを入手したがらよぉ。一応昨日の男性屍ど照合してもらうんし」

教授は無言で頷く。明日も忙しくなりそうだ。静かな年末とは程遠い。

三浦一男・治子兄妹の家族の病歴のコピーを、横手署の捜査員がこの大雪の中届けてくれた。

祖父も母も大腸癌で早くに亡くなっている。一男と治子はどこにも通院しておらず、そのまま病気を放置していたようだ。結局のところ、誰も家族性大腸腺腫症との診断を受けていない。

「こんなになっても病院に行かない人っているんですね。歯科医院には通っていたのに」

「そうだよ。自分の常識は他人の非常識。みんなが自分と同じと思っちゃいかん。世の中には色んな人がいて、自分の考えが及ばないことが多々ある」

横手署の捜査員が届けてくれた書類の中に、三浦徳蔵の懐から発見された遺書のコピーもあった。

五年ほど前から治子に認知症の症状が出始め、時間や場所、人が分からなくなる見当識障害や徘徊が酷くなった。治子は自分が結婚していることも忘れてしまった。治子は徳蔵を認識できず、兄の一男に「知らない人につき纏われている」と助けを求め、一男が暮らすかつての実家へ向かうことが多くなった。

治子が亡くなるその日まで、徳蔵を思い出すことはなかった。

治子は一ヶ月前に自宅で亡くなったが、徳蔵はその事実を受け入れられず妻の遺体を傍《そば》に置き、治子の死を周囲に隠していた。周囲一キロメートルは誰もいない集落だ。腐敗臭に気づかれることはなかった。

唯一、治子に会わせてもらえない一男だけが徳蔵を怪しみだした。とうとう二十七日の午前中に徳蔵の自宅に押し掛け治子の遺体を見つけてしまう。徳蔵は一男と口論になり、カッとなって一男の首をタオルで絞めて殺害した。善徳が東京から帰って来た時、一男は既に徳蔵に殺害されていた。

その後、徳蔵は治子と一男の遺体を自宅に残し火を放った。自らは一旦一男宅へ逃げたが死を覚悟し、遺書をしたためた後、死ぬつもりで自宅の裏山へ入った。おそらく一昨日中のことだ。

〈一男がこの世からいなくなれば、再び自分のことを思い出してもらえると思い、ず

っと義兄を手にかけることばかり考えていた〉

遺書には、乱れた文字でそう記されていた。

「検視だけで終わっていだら、夫婦の無理心中どして片づいでいだべおん。この大雪だし、春になったどしても、山菜採りの名所でもねぇ三浦家の裏山さ入る者は誰もいねぇ。三浦徳蔵の遺体と遺書はこのままずっと発見されねがったし、三浦一男が殺されでいだなんて誰も気づかず、ただの行方不明で終わったがもしれねぇ」

熊谷は教授に頭を下げる。

「ありがとうございました」

教授は老眼鏡を掛けると遺書を手に取り、読み終わると熊谷へ渡した。

「遺書を読む限り、治子の死因は自然死だろうね」

「何も、お義兄さんを殺さなくても良かったのに。結局、奥さんは一ヶ月も前に亡くなっていたんだし。『妻と一緒にいたかったから』と自首するだけで済んだ筈ですよね」

僕がそう言うと、熊谷は静かに語り出す。

「――殺人者や自殺者の心情は、当人にならねぇど、分がらねぇもんすな。今まで、何らかの恨みがあったがもしれねぇし、積もり積もったもんが噴出したがもしれねぇ。親戚や同じ苗字の者同士が近所に集団で住む、狭い地域だからよ。いざこざやなんかが、遺書に書ききれねぇほど、しょっちゅうあったんでねぇべが」

検視の場数を踏んできた熊谷ならではの言葉だ。腹にズシリと響く。

「恐らく、全部自分で終わらせるつもりだったんだべ。徳蔵が倒れでいだ場所は、三浦家全体を望める裏山だ。妻と義兄を自ら荼毘《だび》に付した後で、罪を清算するために命を絶ったんでねぇべが。秋田じゃ、葬式の前に火葬するがらよ。雪山の中で独り、妻と義兄を見送ったんだべ。――まぁ、これはオラの勝手な解釈だども」

「葬儀の前に火葬」という秋田の風習を知ったのは、恥ずかしながらここ最近だ。「前火葬」は秋田だけでなく、東北地方の風習らしい。諸説あるが、雪深く交通網の発達していなかった地域では、親類縁者が集まるまでに遺体の腐敗が進んでしまうため、先に火葬するようになった。その風習が今も続いているのだという。

三浦徳蔵は妻の遺体が腐敗しても傍に置き、結局は義兄と一緒に燃やしてしまった。普通の火葬と葬式をしてやれなかったから、こんな風にしか終わらせることができなかったのだ。

三浦家の裏山で独り雪に埋まり凍える寒さに耐えながら、火の粉舞い燃え盛る自宅を望み、妻と義兄を静かに見送ったに違いない。そして、自らの命が尽きるのを待ったのだ。もう、妻の死を隠し、怯《おび》えながら暮らさなくても良いと安堵したことだろう。

長年連れ添った妻は、我が家で死んでいった。

三浦家は大きな棺だったのだ。

再び窓の外に視線をやった直後、背中に強い衝撃が走る。教授が僕の背中を平手で思い切り叩いたのだ。このままだと教授の手形が痣《あざ》となって残りそうだ。

「法医学者に、しんみりしている暇はないからね！　明日は解剖二件になったから」

「えっ⁉　いつの間に？」

「さっき、他の検視官から連絡があったんだよ。男鹿《おが》市で火災。性別不明の遺体一名発見だってさ。午前中は三浦徳蔵の解剖、午後は火災死の解剖だから」

「また火事ですか……。それで、搬入は何時ですか？」

「一件目が午前九時で二件目が午後一時。昼休憩なしで続けてやるよ」

「分かりました」

やはり静かな年末とは程遠かった。このままだと解剖室で年越しになりそうな予感がする。

今の内に準備をしておこうと、ミーティングルームを出た。

「渡り廊下でボーッとするんじゃないよ！」

教授の張りのある声と熊谷の明朗な笑い声を背に受け、苦笑しながら進むと、ぼた雪が舞う渡り廊下に差し掛かった。木の枝からの落雪で雪煙が上がる。

ここで立ち止まると教授にまた背中を叩かれるのではないか。後ろを気にしながら足早に通り過ぎようとした。

その時、冷たい風が少しだけ強く吹いて、ひとひらのぼた雪が頰を撫《な》ぜて消えた。

第二話　胡乱《うろん》な食卓

四月二十八日（水）

霞《かすみ》がかった空が橙色《だいだいいろ》から藍色《あいいろ》に変わってゆく。

寒い日が続いたせいで桜の開花が少し遅れ、秋田市内の主要な花見スポットでは、四月末になってやっと満開を迎えた。

日陰にはまだ、うっすらと雪が解け残っているものの――。

一番好きな季節の到来だ。

院生部屋の窓を開けて深呼吸をする。夕闇迫る外は、春の匂いだ。

秋田に流れ着いて十年目の春。僕、南雲瞬平は博士課程二年に無事進級した。

ある出来事をきっかけに法医学教室へ出入りするようになった僕に、上杉永久子教授は「うちへ来ないか」と声を掛けてくれた。医学部を卒業し医師免許を取得、二年の臨床研修を終えた僕は昨年の春に法医学の博士課程へ進んだ。

ここ秋田医科大学は世間から「Fラン医大」「鬼門医大」などと揶揄《やゆ》されている。

秋田に住むまで、自然がこんなに美しいと感じたことはなかった。高い建物がない分、空が格段に広い。東京の空はコンクリートのビルに囲まれた額縁の中にしか見えなかった。ずっと東京にいたら、季節の移り変わりを気にも留めず、灰色の日常を過ごしていただろう。

カレンダーに視線を移すと、表情筋が緩んでしまう。

明日から始まるゴールデンウィークを前に、我知らず浮かれていた。

僕の研究テーマは秋田の有毒植物で、近隣の山へ入って毒草の採取を続けている内に、山歩きや一人キャンプが趣味になってしまった。食費を浮かすために山菜採りに夢中になることもしばしばである。

今の時季だとワラビやゼンマイ、フキノトウが採り頃だろう。ワラビはおひたしにしてワサビ醬油、ゼンマイは味噌汁、フキノトウは天ぷらが美味《うま》い。ヨモギもあれば、つきたてのヨモギ餅が食べられる。採った山菜は、下宿先に持ち込めば大家のばあちゃんが調理してくれる。料理が全くできない僕にとって、下宿は朝晩二食付きでありがたい。

料理のことを考えていたら、腹が鳴った。今日の晩飯は何だろう。新鮮なマダイが手に入ったとか言ってたから、煮つけだろうか。

「南雲先生、窓を閉めていただけないですか？　花粉が入って来るんで」

注意してきたのは、修士課程一年の鈴屋玲奈《すずやれな》だ。彼女のせいで一瞬にして現実に引き戻された。

「ああ、ゴメンゴメン」

首をすくめ、仕方なく窓を閉める。院生部屋には僕と鈴屋しかいない。僕の席は入り口正面の窓際、鈴屋は入り口から向かって右手の壁際だ。

「そろそろ山に入ろうかと思ってさ」

「研究試料の採取ですか？」

「うん。でも、それは建前で、本当はキャンプや山菜採りが目的なんだけど」

「お一人で？」

「そうだよ」

僕の答えに鈴屋は鼻で笑った。

「寂しくないんですか？」

失敬な。一人が寂しいと誰が決めた。

「大勢でワイワイ騒いでストレスを発散する人と、孤独にならないとストレスが発散できない人がいるんだよ。僕は単独行動が好きだから」

「哀《かな》しい言い訳ですね」

「ほっといてくれ。余計なお世話だよ」

と、僕はわざと音を立てて自分の椅子に座った。

この生意気な後輩、鈴屋玲奈は地元・秋田市の出身だ。先月、仙台の杜乃宮《もりのみや》大学医学部保健学科臨床検査学専攻を卒業し、臨床検査技師免許を取得後にここの修士課程を受験した。医学部志望だったが成績が振るわず仕方なく臨床検査技師の道へ進んだと小耳に挟んだが、真相は定かではない。修士課程を修了したら博士課程へ進みたいと常日頃口にしている。科捜研への就職が目標らしい。

色白で長い黒髪を後ろに束ねている。まあまあ可愛いのに、何かと僕に突っかかって来るのが玉に瑕《きず》だ。新入生の癖に、既に院生部屋の主になりつつある。

「秋田が杉の宝庫だってこと、すっかり忘れてました。仙台では少し症状が治まっていたのに」

鈴屋は恨めしそうにそう言い、ティッシュの箱へ手を伸ばした。何度もはなをかみ、眼鏡を外して目薬をさす。飲み薬が効かないようで、いたく不憫《ふびん》だ。

憐《あわれ》みの目を向けていると、気に食わなかったのかジロリと睨《にら》まれた。

「他人事《ひとごと》みたいな態度ですけど、そのうち、南雲先生も発症するかもしれませんよ」

「そうだな。気をつけよう」

家族に花粉症は誰もいないが、スギ花粉がより多く飛び交う地に来てしまったのだから、発症から逃れられない気がする。遺伝による体質は信用しない方がいいだろう。

鈴屋がティッシュを使い果たしたので、譲ってやろうと机上のボックスティッシュに手を伸ばしたら書類と本の山を崩してしまった。一部が床に散らばり、鈴屋が拾うのを手伝ってくれた。

「また、新しい本を買ったんですか？　相変わらず、お好きなんですね。神話」

鈴屋はそう言い、ギリシャ神話とマヤ神話の本を僕に手渡す。僕は代わりにボックスティッシュを渡してやった。

子供の頃から日本に限らず世界中の神話が好きで、神話と名のつく本はついつい買ってしまう。

「鈴屋も読む？　興味があるなら、貸してやるよ」

「――じゃあ、また、今度……」

「おう！　いつでも言えよ」

再び空腹を覚え、時計を見ると午後七時。僕はいそいそと帰り支度を始めた。

この分だと、明日の祝日は解剖が入らず、休めそうだ。

久々に山へ入るチャンスだ。早く帰ってキャンプ道具の準備をしないと。足りない物は、ホームセンターまで買いに行かなきゃ。いや、このまま店に寄って品定めをしておくか。

その時、背後から圧を感じた。恐る恐る振り向くと、僕の指導教官である上杉永久子教授が腕組みをして仁王立ちしていた。いつの間に院生部屋へ入って来たのだろう。全然気づかなかった。

「教授！　お、お疲れ様です……」

「やけに浮かれているじゃない。これからデートでもすんの？」

「南雲先生に限って、そんなことはないと思います。友達もいないようですし」

僕の代わりに鈴屋が答えた。「余計なことを言うんじゃないよ」と口パクで言い返す。教授は「まあ、そうだね」と納得している。

「それでは、お先に失礼しま……」

「待ちなさいよ。熊谷さんから連絡があったんだよ」

と、教授に首根っこを摑《つか》まれた。猫じゃあるまいし。鈴屋が横で吹き出している。

「秋田県警の熊谷さんですか……？」

「他に誰がいるってのよ」

県内で発見される異状死体の死因を究明するために、解剖の必要を判断するのが秋田県警察本部・刑事部捜査第一課の検視官である熊谷の役目である。解剖依頼の時は、こうして教授へ連絡を寄越すのだ。

「集団食中毒の疑いがあるけど、現場の状況が奇妙なんだって。何を食べて発症したのかも聞いてないし。とにかく、行ってみないと分からない」

事件性がないと司法解剖にはならない。事件性のない死因究明の解剖は〈承諾解剖〉となる。今回は食中毒と分かっているのだから、解剖にもならない可能性が高そうだが——。

「亡くなったのは何人ですか？」

「家族三人中二人。一人は中等症で治療を受けてる。運ばれたの、ウチの病院だから」

と、教授は外来棟の方角を指差した。そう言えば、三十分ぐらい前に救急車のサイレンを聞いた気がする。

「これから出掛けることにしたから。早く『検案鞄』の支度して」

「えっ！　今から⁉」

すっかり帰宅モードになっていたので、ショックが大きい。一瞬で頭の中が真っ白になった。そもそも、現場に行って検案をするなんて初めてだ。どうせ教授が状況を見せろと無理を通したのだろう。

「何よ、嫌なの？」

教授の眉間《みけん》に皺《しわ》が寄る。僕の受け答えがいたくご不満のようだ。

「嫌なら別にいいけど。私一人で行くから」

「いいえ、違います。行きます、行きますよ」

ショルダーバッグを下ろし、ダウンジャケットを脱ぐと一目散に隣の検査室へ向かう。「十五分後に、熊谷さんが迎えに来るから早くね！」と叫ぶ教授の言葉を背に受け、ドアを閉めた。思わず溜息《ためいき》が出る。

「今日の事案は、もしかしたら貴重で珍しいかもしれない」と前向きに考えようとしたが、なかなか元気が出ない。このところ、休日の解剖が続き、疲れがたまっているようだ。

のろのろとロッカーの扉を開け、教授が「検案鞄」と呼ぶナイロン製のバッグを取り出す。小型の旅行用バッグぐらいの大きさだ。検案用の七つ道具がちゃんと中に入っているかを確認する。使い捨ての手袋が少なくなっていたので補充した。

院生部屋へ戻ると、教授の姿は既になかった。鈴屋が衝立《ついたて》から顔を覗《のぞ》かせながら「教授なら、もう出ていきましたよ」と手を振る。せっかちな教授は、人を待ったためしがない。僕は溜息をつき、白衣の上にダウンジャケットを羽織ると、すぐに玄関へ向かった。

暗く長い廊下を抜け、玄関ホールから外へ出ると、ひんやりとした空気に包まれる。春の宵とはいえ、まだ肌寒い。足元には桜の花びらが数枚落ちていた。玄関脇の枝垂《しだ》れ桜は緩やかな風に枝を揺らし、早くも散り始めている。この寒さで強い風雨がなければ、満開のまま長持ちするのだが。

秋田医科大の構内では、枝垂れ桜だけでなくソメイヨシノや遅咲きの八重桜など、多くの桜が楽しめる。花見のために場所取りをする酔客なんぞ一人もいないので、心静かに桜を拝めるのだ。

玄関前に突っ立っていた教授は、僕と目が合うと「遅い！」と短く叱った。

暑がりの教授は相変わらず薄着で、ラベンダー色のニットとグレーのパンツの上に白衣しか羽織っていない。僕の姿を見て「雪山から来たみたいだね」と笑う。

「猫背になってるよ！　もっとちゃんとしなさいよ」

教授は僕の背中を強くはたいた。思わず「うぉっ」と声が出る。

「覇気がないよ。どうしたの」

「げ、現場はどこですか？　車酔いしやすいんですよ、僕」

「だらしない！　私なんか、遠く離れた殺人現場までヘリに乗せられたこともあるし、激走するパトカーに乗ったこともあるよ。そんなんじゃ法医解剖医は務まらない。乗り物に慣れておかないと！」

教授は鼻息荒くそう言った。そんなに現場に出張ったことがあるのか……。余計なことを言うと、更に小言を追加されそうな気がしたので、話を逸《そ》らす。

「しばらくお会いしていませんが、秀世先生はお元気ですか？」

「ああ、相変わらずよ。でもやっぱり年だね。この前、酔っ払って田んぼ脇の用水路に落ちたんだよ」

「ええっ⁉ 溺れなかったんですか？」

「それは大丈夫。でも、小一時間動けなかったみたい。親戚が発見してくれたから良かったものの、あのままだったら死んでたわ。まあ、田植え後の田んぼに落ちてたら、苗代を弁償しなきゃいけなかったから用水路でまだ良かった」

一週間前、秀世は友人らと大曲駅前で酒を呑《の》んだ後、街灯もない田んぼの畦道《あぜみち》を千鳥足で帰って来た。その際に足を踏み外し用水路へ落ちたという。水深が浅い所に仰《あお》向《む》けで落ちたのだから運が良かった。更に運の良いことに、たまたま通りかかった親戚に発見され引き揚げられた。アルコールを呑み過ぎると体温が低下する。春とはいえ用水路の水も冷たい。救出が遅れれば体温が奪われ、じわじわと死に至っていただろう。

「今の話の内容から、上杉の血中アルコール濃度はどれくらいだったか推測できる？」

教授と一緒にいると、急に口頭試問が始まるので油断できない。僕は更に背筋を伸ばした。

「ええと……。千鳥足ということで歩行失調が見られたので、中等度酩酊状態だったと思われます。血中のアルコール濃度は〇・一六から〇・三パーセントでしょうか」

「よろしい」と教授は満足そうに頷《うなず》いた。

ふう……。肩の力が抜ける。

「そのせいで久々に大曲まで行ったけど、若者がいない活気のない町になってた。昔は、駅前の商店街にもっとお客がいたと思うんだけどな」

「でも『大曲の花火』は、かなり有名になりましたよね。そのおかげで観光客が増えたんじゃないですか？」

「年に一回だけじゃ、どうしようもないでしょ。まあ、花火があるだけまだマシかもね」

秋田県は若者の県外流出が顕著で、ますます高齢化が進んでいる。僕のように東京から来て棲《す》みつく人間はかなり稀《まれ》だろう。

教授は仙台の出身だから、僕と似たような境遇だ。教授は常日頃「都会も田舎も関係ない。自分が思う存分、好きなことができる環境こそが『都』だ」と言っている。

「遅いわねぇ、熊谷さん。そろそろ着いてもいい頃なのに」

教授は片足で貧乏ゆすりをしながら、腕時計を何度も見る。まだ十分も経過していないのに、相変わらずせっかちだ。

その時、我々の眼前に黒のスカイラインが滑り込んで来た。熊谷の運転する警察車両だ。「やっと来たわね」と、教授は大きな独り言を呟《つぶや》いた。

秋田県警捜査一課の猛者《もさ》、熊谷検視官が降りて来た。春だというのに、相変わらず色黒だ。趣味のスキーのせいだろう。秋田は雪解けが遅いから、春スキーを楽しんでいるに違いない。

「遅いわよ、熊谷さん！　何やってたのよ。寒くて凍えるかと思ったわよ」

絶対に嘘だ。それに、薄着なのだから自業自得だ。

「上杉教授、ごめんしてけれ。なかなか現場を抜げられねくてすよぉ」

熊谷は後部座席のドアを開けてくれたのだが、教授はさっさと助手席へ向かった。

僕と熊谷は顔を見合わせる。

「後部座席は嫌いなの。前が見えないから。私はこっちに座るわ。よいしょ」

と、教授は助手席に置いてあった熊谷の荷物を押しのけ、どっかりと腰かけると素早くシートベルトを締めた。僕と熊谷は唖然《あぜん》として見守るしかない。

「南雲くんも早く乗んなさいよ。それじゃ熊谷さん、車出して！　出発進行！」

「──は、はい」

教授の勢いに気圧《けお》された熊谷は力なく返事をし、車をゆっくりと発進させた。

秋田医科大を北側に抜け、県道二十八号線を東へ走る。道幅が狭く、大雪の時はすれ違うのが大変そうだ。道の両側は住宅地だったが、大学から離れるにつれ家屋が少なくなり田んぼの奥には鬱蒼《うっそう》とした杉林が広がる。

「教授からは、集団食中毒事案と聞いていますが」

僕の言葉に熊谷は頷いた。

「現場は太平中関逆水《たいへいなかぜきさかみず》の渡部《わたなべ》家だんし。ここから十五分ばりでねぇが。管轄は秋田東署になるんしな」

「逆水」とは面白い地名だ。秋田県内にはまだまだ珍しい地名がたくさんあって、地図を見ていても飽きない。

隣に教授もいないので検案鞄を肘掛けにし、ゆったりと座席に腰かける。

「農家ですか？」

「んだっす。米農家」

「何を食べてあたったんですか？」

「いやぁ、それが……まだ現場をよぐ見でねぇんすおの」

熊谷は苦笑し、歯切れ悪くそう言った。

どうやら熊谷は現場の渡部家に臨場した直後、教授に無理矢理呼び出されたようだ。

「上杉教授にわざわざお越しいただくような、大事件じゃねぇんすどもな……。教授もたいした忙しいべがらよぉ。電話だげで相談させでもらおうど思ってらったんだども」

「なぁに言ってんのよ！　水臭いわね！　そんなに遠慮しなくていいのよ」

と、教授は運転中の熊谷の肩を思い切り叩《たた》いた。一瞬、車が蛇行して焦る。ここで事故になろうものなら、シャレにならない。僕はシートベルトを両手で握り締めた。

近年、法医解剖医が臨場するケースはほとんどない。通常は遺体を所轄の霊安室へ運び検視官が検視する。よって今回は秋田東署の霊安室へ遺体を搬入するはずだったが、やはり教授が「臨場する」と無理強いしたらしい。

「熊谷さんから現場の状況を聞いた時、ちょっと気になってね。一人だけ風呂場に倒れているなんて、妙じゃない。こりゃ実際に見てみなきゃダメだと思ってさ」

「んだすな……」

熊谷は言葉少なに頷く。教授に連絡したことを後悔しているようだ。

熊谷いわく、渡部家では二名の死者が出て一名が中等症で病院搬送された。亡くなった二名は渡部寿《ひさし》とその妻・幸枝《さちえ》。中等症だったのは嫁の富美子《ふみこ》だ。

三人は夕食直後に発症したらしく、寿は全裸で風呂場に、幸枝と富美子は嘔吐しながら居間と台所にそれぞれ倒れていた。第一発見者は隣家の本庄君憲《ほんじょうきみのり》という人物で、すぐに救急車を呼んだものの寿と幸枝は既に心肺停止の状態で病院へは不搬送となったらしい。

熊谷の言う通り、ものの十五分程度で現場に到着した。太平中関逆水の集落は北東に太平山を望むらしいが、既に辺りは真っ暗で何も見えない。隣家は向かって左側に一軒だけで他の家屋は遠目にしか見えず、野次馬が押し寄せることはなさそうだ。

二階建ての渡部家はかなり大きい。三人で住むには広過ぎる。農家らしく、母屋の隣にはこれまた大きな納屋が建っている。シャッターは閉まっているが、中にはおそらく農機具が収納されているのだろう。

玄関前のスペースも広く、警察車両が数台停まっていてもまだ余裕がある。

我々が近づくと、渡部家で飼っている犬が激しく吠え出した。白くて大きな秋田犬だ。首に繋《つな》がれた鎖がジャラジャラと音を立てている。

「人懐こい犬はダメだね。いい番犬だ」

教授は犬を褒め、さっさと玄関内へ突入していく。大きな犬が少し苦手な僕は慌てて教授の後を追った。

渡部家の玄関は土間になっていて、とても広い。筵《むしろ》の上に乾燥したゼンマイが並べられていた。採れたゼンマイは乾燥させると長期保存が可能だ。おそらく、ゼンマイ揉《も》みをして天日に干した後だろう。民家の庭先で筵や莫蓙《ござ》にゼンマイが並べられているのを見かけると、シーズンが来たなとワクワクするのだが、今はそんな気分ではない。

靴を脱いで上がり、靴下の上にシューズカバーを履く。態勢を整えた時には既に教授の姿はなかった。正面右手には長い階段が伸び、左手の暖簾《のれん》の奥から教授の声がする。

「こっち『みんじゃ』……、いや、台所だんし」

熊谷に案内され、やや緊張しながら小豆色の暖簾をくぐった。

古いが広い台所では、秋田東署の警察官が忙《せわ》しなく動き回っていた。声はすれども教授の姿はない。おそらく、遺体がある居間へ移動したのだろう。

左手の壁沿いに流しやガス台が並び、引き出しや両開き戸の収納は黄緑色で統一されている。右手には大きな冷蔵庫と食器棚。食器棚には多くの食器が並ぶ。

「吐物は既に回収してるんす。科捜研で調べます」

熊谷が指差したのは、ダイニングテーブルの下と流し、そして隣接する居間の畳の上の合計三ヶ所だ。畳には茶色の染みができていた。その隣にグレーのシートが敷かれ、渡部幸枝らしき高齢女性が寝かされていた。早くも教授が遺体を覗き込んでいる。

「テーブルの下と流しの嘔吐痕は富美子、居間の痕は幸枝のだど推測しておるんし。富美子は流しの前、幸枝は居間に倒れでおったんで。寿は風呂場だんし」

そう言って熊谷は風呂場の方を指差した。

「富美子は秋田医科大病院で治療中だんしな。容態は一進一退のようだども」

嘔吐痕を踏まないように、ダイニングテーブルに近づく。

食卓は散らかっていた。味噌汁がぶちまけられ、料理の載った皿がひっくり返った挙句に割れており、箸や食物の一部が散乱していた。

献立はおそらく、白米に豆腐とわかめの味噌汁、焼いたハタハタにニラ玉——。さっきまで空腹だったのに緊張のせいで腹は鳴らなかった。

食卓に顔を寄せてよく観察すると、あることに気づいた。

「これ……ニラとスイセンの葉を間違えて食した、スイセン中毒ではないでしょうか」

僕の言葉に教授も「どれ」と食卓を覗き込み、手袋を嵌《は》めるとおもむろに卓上の箸を摑んだ。僕は「あっ！」と声を上げ、秋田東署の鑑識係を振り返った。鑑識係は「鑑識活動は終わっているがら、触っても大丈夫だんすよ」と苦笑した。教授が現場を荒らすのに慣れっこのようで、恐縮してしまう。

教授は、ニラ玉の中から緑の葉だけを箸で掬《すく》い上げしげしげと見つめる。

「本当だ。これはニラじゃなさそう。スイセンだね。南雲くん、さすがは毒草を研究しているだけあるよ。たまにはやるじゃない」

褒められたのに「たまには」とは聞き捨てならず、あまり嬉《うれ》しくない。

スイセンの葉は「リコリン」「ガランタミン」「タゼチン」などのアルカロイドを含有し、食後三十分で嘔吐、下痢、発汗、頭痛、昏睡などの症状を発症し重篤な場合は死亡する。スイセンの葉とニラは形状が似ているため、誤食事例が多いのだ。

「スイセン、だすか。そう言えば、よぐ聞ぐなぁ。オラん家にもあるがら注意さねば」

僕の説明を熊谷が手帳にメモする。

「南雲くん、先にこっちの検案を始めるよ！」

彼方から僕を呼ぶ声がした。台所と居間に教授の姿はなく、既に風呂場へ移動したようだ。

再び暖簾をくぐり、そのまま長く薄暗い廊下を進む。突き当たりは洗面所とトイレ、風呂場の水回りが集中する場所のようだ。脱衣所に渡部寿が寝かされていた。

「渡部寿は、風呂場の床に全裸で倒れでおったんす」

数珠を取り出し両手を合わせた後で、渡部寿の遺体をざっと見渡す。

七十二歳という年齢の割には筋骨隆々で逞《たくま》しく、よく日焼けしている。熊谷に手伝ってもらい、遺体の背中を視ると赤紫色の死斑が発現していた。

「発見時は仰向けですか？」

「んだす。全身が濡《ぬ》れでおってすよぉ。嘔吐の痕はねがったんし」

その時、風呂場から大きな音が聞こえ、僕と熊谷は慌てて振り向いた。予想通り、教授が風呂の蓋を取り去ろうとしていた。

「き、教授！　現場をあまり荒らさない方が……！」

僕は再び、背後にいた秋田東署の鑑識係を振り返った。鑑識係は頬を引きつらせながらも静かに頷く。何かを諦めたような表情だ。熊谷の眉も八の字に下がっている。

「教授、何か気になることでも？」

ドアを開け放っていたものの、風呂場はほんのり暖かい。僕も教授の後ろから覗き込む。教授は、浴槽に張られた湯の中に手を入れていた。

「南雲くんも触ってみなさいよ。ほら」

教授は僕の右手を引っ張ると湯に突っ込んだ。浴槽の中はぬるま湯だった。

「これが、どうかしたんですか？」

「お湯の温度を確かめていたんだよ。渡部寿の全身は濡れていたんでしょ。お風呂に入った後に倒れた可能性もある」

教授は遺体発見直後の現場写真を熊谷から受け取り、何度も確認する。腕時計を見るともうすぐ八時。一一九番通報は六時過ぎだから、約二時間が経過している。

「そうですね。沸かしてから二時間経《た》ったなら、これぐらいの温度でしょう」

「食事をして、風呂に入ったあと倒れたとすると、渡部寿だけ発症が遅れたことになるね」

「湯船に入る前にここで吐いちゃって、シャワーでも浴びたんじゃないでしょうか」

僕の言葉に、熊谷は首を横に振った。

「鑑識が排水溝まで調べだども、嘔吐の痕跡は一切ねがったっす」

「一酸化炭素中毒を先に発症した可能性は」

渡部家の風呂はバランス釜で沸かす仕組みだ。不完全燃焼で一酸化炭素中毒を引き起こす場合もある。

熊谷は頷き、

「オラだもそれを疑って、風呂場内の一酸化炭素濃度を測ってみましたが、全く検出されねがったんす。後でバランス釜の動作確認もする予定だんし」

「死斑が赤くないから、一酸化炭素中毒とは違うわね。——それじゃ、検案を始めましょうか。南雲くん、道具の準備して。熊谷さん、書記をお願いできる？」

脱衣所に戻ると教授は白衣のポケットから数珠を取り出し、遺体に向かって手を合わせる。僕も熊谷もそれに倣った。

僕は教授に物差しを渡し、続けて直腸に温度計を差し込んだ。

「角膜の混濁はなし。まだ透見可能だね。死斑は背面に軽度発現。赤紫色調。硬直は——」

教授は物差しを置き、遺体の顎や手足の関節を触る。

「顎関節だけでなく、上肢の関節にも硬直が出始めているね。——ちょっと早い気がする」

「老人や小児だと硬直の発現は早いですよね？」

「そうだけど……ん？」

教授は遺体の眼瞼《がんけん》と耳を注意深く観察し始めた。教授に促され、眼瞼と耳を触ってみたものの異状は見当たらない。渡部寿は農家らしく首や耳まで浅黒く日焼けし、年齢の割には首から肩まわりもがっしりしていた。

「損傷はないですね」

「――そう。直腸温はどれぐらい？」

肛門から温度計を抜くと、三十六・五度だ。予想以上に高い。

教科書的には死亡直後の直腸温を三十七度とし、死後十時間までは一時間に一度、それ以降は〇・五度ずつ降下すると言われている。ただし周囲の気温や衣服の有無、年齢などで変化する。

「スイセン中毒だば、体温が下がるんだすか？」

専門分野なので、熊谷の質問に「そうです、低体温になります」と胸を張って答えた。熊谷は手帳にメモをする。

「スイセン中毒を発症した上に、全裸で風呂場に倒れていたなら、直腸温はもっと下がっていいと思わない？　南雲くん」

「やっぱり、お風呂に入った後で倒れたんじゃないでしょうか。風呂場内の室温もそんなに下がっていなかったですし。一人だけ発症が遅れた要因は今のところ分からないですが……」

「ふうん……」

教授は何やら考え込んだまま、答えなかった。

遺体の外表は、手足に僅《わず》かな擦過傷と左側頭部の腫れ以外に大きな損傷はなかった。倒れた時に頭を打ちつけたのだろう。よくあることだ。

渡部寿の検案が終わりに差し掛かった頃、俄《にわ》かに玄関の方が騒がしくなった。複数人がこちらへ向かってドタドタと駆けて来る足音がする。

「何事ですか？」

僕が立ち上がると同時に、一組の男女が飛び込んで来て、泣きながら渡部寿に取り縋《すが》ろうとした。その二人を追って警備役の秋田東署員も数人駆けつけ、ちょっとした揉み合いになった。

「爺様に会わせでけれ！　爺様！」

「なして、こんたごとに！　叔母さんはどこだ？　一目会わせてけれ」

「コラっ！　待ちなさい！」

泣き縋る男は白髪交じりの短髪を後ろに撫《な》でつけ、目がぎょろりと大きく痩せぎすだ。一方の女は小太りで眼鏡をかけている。二人とも、安物のジャンパーとジーンズ姿だった。

「今、上杉教授の検案中だ。早く連れで行げ。後で対面してもらうがらよ」

熊谷が小声で秋田東署員らを注意する。署員らは「すみません！」と背筋を伸ばして敬礼し、やっとのことで二人を渡部寿から引き剝がすと、廊下の奥へと連れ去って行った。

「どなたですか？　今の。『叔母さん』と言ってましたが、ご親戚ですか」

僕の質問に、熊谷はやれやれといった表情で手帳を開く。

「署員の不手際で、すんません。近所に住んでら、幸枝の甥夫婦でねんすべが」

そこへ、秋田東署員の一人が熊谷に報告しに戻って来た。署員いわく、さっきの二人はやはり幸枝の甥・遠藤裕典《えんどうゆうすけ》とその妻のこのみだという。

「検視官すまねぇっす。あの二人『叔母夫婦には生前世話になった。一目会わせて欲しい』どって、玄関前で騒いで仕方ねがったんす。あど――」

「なした？」

「現場の状況を説明したどご『叔母夫婦を殺害したのは嫁の富美子ではないか』ども言ってらったんす」

遠藤夫妻は「渡部家の裏庭にはスイセンが植えられており、富美子はそこから取って来て料理に混ぜたに違いない」とも主張していたらしい。

「寿・幸枝夫妻と富美子は不仲だったみでぇだな。一年前に渡部家の長男・篤《あつし》が父親の寿と共に山菜採りに出掛けでよぉ、遭難したのがきっかけらしいんすな」

寿だけが助かり篤は山中で死亡した。篤の妻の富美子は「夫が死んだのは舅《しゅうと》のせいだ」「何故《なぜ》、舅だけが助かったのか」と寿を恨むようになっていたという。富美子はそれまで家業の農業を手伝っていたが、夫が亡くなってからはスーパーのパートに出るようになった。富美子は周囲にも「渡部家にはいたくない」「舅と姑の面倒をみたくない」と漏らしていた。

「食事の支度を担当していた富美子がスイセンを食事に混ぜ、自分に疑いが掛からないよう、死なない程度に食べたのではないか」と所轄と熊谷は富美子を疑い始めているようだった。

遠藤夫妻によると、寿は夕食直後に風呂に入る習慣があったという。

「熊谷検視官。あど、もう一人疑わしい人物がいるんす」

「誰だ?」

「隣ん家さ住んでら、本庄君憲だんす。第一発見者の――」

遠藤夫妻の証言は第一発見者の本庄にも及んだ。本庄も渡部家とは不仲で「渡部家の飼い犬・ユキジローの鳴き声がうるさい」と警察にも苦情を入れており、秋田東警察署の地域課も認知していたという。

「最近よぐある、隣人トラブルでねんすべが」

所轄は本庄にも嫌疑を掛け始め、事情聴取へと出向いたようだ。

「――田舎は人づきあいが密だからね。必然的に揉め事も多くなるよ。よっこらしょ」

教授は立ち上がり「次、奥さんの方ね」と、居間の方へスタスタ歩いて行ってしまった。

急いで片づけを終え長い廊下を居間まで戻ると、教授は既に渡部幸枝の検案を始めていた。

「遅い！　早く物差しと無鈎《むこう》ピンセットちょうだい」

教授は既に黙祷《もくとう》を終えていて、僕と熊谷ら警察は慌てて数珠を取り出し、遺体に向かって手を合わせた。

僕が物差しと無鈎ピンセット差し出すと、教授は「ありがと」とひったくった。

渡部幸枝は小柄で痩せ気味、肌色が蒼白だ。目立った外傷はなく、口の周囲に僅かな吐物が付着し乾燥していた。

「角膜の混濁はなし。透見可能。右側臥位だったみたいね。身体《からだ》の右側に赤紫色の死斑が軽度発現している。硬直は――顎関節のみ。他の関節にはまだ発現していない」

直腸温は二十七度だった。かなり低いが、スイセン中毒を発症していたなら矛盾はないだろう。

渡部幸枝の検案中、秋田東署の若い警察官が隣人の事情聴取から戻り、熊谷に報告する。

「隣ん家の本庄君悳は渡部寿より九つばり年下だども、気難しそうな爺様だんすな」

本日午後五時半頃、本庄がここから歩いてすぐの太平川沿いを愛犬であるトイプードルのモップと共に散歩していると、ユキジローがリードを引き摺りながら一匹でウロウロしていたという。見かねた本庄が一緒に連れ帰り、渡部家を訪問した。呼び鈴を鳴らせども、誰も出て来ない。玄関が開いており、台所の方から呻《うめ》き声がしたので、慌てて中へ入って惨状を発見した。

「その後すぐに自宅さ戻って救急車を呼んだみでえだな。通報は午後六時過ぎで、供述ども一致するんし。風呂場の方で渡部寿が倒れでいだのは、知らねがったみでぇだ」

本庄は鳴き声のうるさいユキジローを嫌っていた。散歩中に遭遇した時、モップがユキジローに駆け寄ったため、仕方なくついていった。帰宅の途上、二匹は仲良くじゃれ合い楽しそうだったという。ユキジローは常日頃からモップの存在が気になり、本庄家に向かって吠えていたのだ。本庄は「小柄なモップがユキジローに襲われるかもしれない」と警戒していたが、それは誤解だったと神妙な面持ちで語ったという。

「『もっと早くユキジローに会わせてやれば良かった』『渡部家の皆さんにはすまないことをした』ど、後悔してらったどもなぁ」

本庄家の庭にもスイセンが植えられていたが、採取された形跡はなかったらしい。

「自分の家の庭がらスイセン抜げば、すぐバレるがらな。別の場所で入手して渡部家に渡した可能性もあるど」

「もう一度調べます」とその若い警察官は居間を出て行った。

教授はおもむろに立ち上がると、

「犯人が誰かはともかく、渡部幸枝はスイセンによる食中毒でしょう。寿の方は違うね」

教授はきっぱりと言い放った。

「ええっ！」

僕を含め、その場にいた一同が驚きの声を上げ騒然となった。熊谷が一番慌てている。

「二人どもスイセン中毒でねんすが⁉」

「うん」

「まさか寿は殺人だすか？　事故だすか？」

「さあ。どっちかしらね」

「家の中全部ど外にも鑑識作業を広げねばねんす」

熊谷は肩を落とす。その様子を見た教授は楽しそうだ。――悪魔か。

「開かないと真実は分からないわね。二人の司法解剖は明日でいいよ。午前九時搬入ね。警察諸君、手続きよろしく！」

やはり二人とも司法解剖になった。これで明日の祝日は丸潰れ決定。ショックを隠し切れなかったのか、教授に気づかれた。

「何を落ち込んでるのよ。一人で山に行くより解剖の方が楽しいじゃない。今回は学会で発表できるレアケースかもしれないよ」

「はぁ……」

「そんなに毒草採集したいなら、ここの家の庭からスイセンをもらっていけば？　ねぇ、熊谷さんいいでしょ？　少しぐらい採ってもいいわよね」

熊谷や他の警察官は「いやぁ……」「それはちょっと……」と困惑気味だ。当然だろう。僕もスイセンは遠慮した。

それにしても、渡部寿の死因は何だろう。皆目見当がつかない。

腕時計を見ると午後十一時を指していた。

明日も長い一日になりそうだ。

四月二十九日（木）
昭和の日の祝日。

　昨日まで快晴だったのにもかかわらず、今日は本降りの雨になった。秋田医科大の法医解剖室は一階にあるため、雨音が筒抜けだ。どのみち山歩きには行けなかったと少しホッとする。

　解剖室で器具や消耗品の準備が終わった頃、秋田東署が渡部寿と幸枝の遺体を搬送して来た。少し遅れて秋田県警本部の熊谷検視官らも到着する。車から傘を差さずに走って来たのか、作業着がずぶ濡れだ。

「いやいや、花散らしの雨だな、こりゃ。もう少し保《も》つべと思ったどもな」

　通学途中、道路に桜の花びらが散って茶色く変色していた。もう桜の季節が終わるかと思うと寂しい。

「桜の次は躑躅《つつじ》が見られるじゃないの。花は桜だけじゃないでしょ。さ、始めるよ」

　いつの間にか、解剖着に着替えた教授が解剖台の脇に立っていた。

「どちらから始めますか？」

「渡部幸枝からにしよう。──南雲くんが早く執刀医として独立すれば、解剖台を増設して一気に二体を解剖できるのにね！」

　執刀医が複数人いる法医学教室が羨《うらや》ましいと思っていた矢先だった。教授に心の内を見透かされたようで、項垂《うなだ》れた。全くその通りだ。

　秋田東署の警察官によって渡部幸枝の遺体が解剖台に載せられた。

「それでは、始めましょうか」

教授のいつもの一声で、僕は検査台の前から教授の向かい側へ移動した。

「黙祷」

その場にいた全員が遺体に向かって頭《こうべ》を垂れ、静かに目を閉じた。僕はそれを見届けると、遺体に向かって手を合わせる。

遺体の写真撮影が始まる。その間に教授は外表所見を取ってゆく。当然だが、昨日より遺体の硬直や角膜の混濁が進んでいた。

「昨日検案した通り、全然損傷はないね。さて開こうか。南雲くん、メスと有鈎ピンセットちょうだい。——ありがと」

教授は、遺体の鎖骨から恥骨までの皮膚を一気にY字切開した。

「それじゃあ、南雲くんは左側をお願い」

僕は頷いた。教授が切開した皮膚を有鈎ピンセットで摘《つま》み、メスで皮膚と筋肉を剥離してゆく。教授はあっと言う間に胸腹部右側の皮膚の剥離を終え、こちらの手元をじっと見つめていた。気づいた僕は、緊張して手が震えてしまう。

「そんな手つきじゃ、皮膚に穴を開けるわよ。もっと、どーんと構えなさいよ！」

そんなことを言われても、無理なものは無理だ。教授の鋭い眼光に射貫かれては、誰だって萎縮してしまう。やっとのことで胸腹部の皮膚の剥離を終えた。

「損傷はないね」

渡部幸枝は心臓マッサージなどの医療行為を受けていない。おかげで胸の筋肉に出血もない。

大胸筋、小胸筋をメスで剝離し、肋骨に付着した筋肉を骨膜剝離子で削《そ》ぎ落とす。肋骨の骨折はなかった。続いて、肋骨剪刀で肋骨を切断して外し、心嚢《しんのう》と肺を露出させる。心嚢を切開すると小ぶりな心臓が露《あら》わになった。心臓に異状はないが、両肺は膨隆していた。肺を覗き込んだ教授は、

「肺水腫だね。スイセンのアルカロイド中毒によるものでしょ」

熊谷も教授の手元を覗き込み「なるほど」と頷いた。

剪刀で腹筋の正中線を切開し、腹腔内の臓器を露出させた。腹腔内は少量の腹水が貯留しているだけで、特に異状はなさそうだ。

教授が心臓を摘出し、二人で心臓血を採取する。その後、教授は切り出し台に移動し、心臓を観察する。この間に他の臓器を摘出するのは、補助である僕の役目だ。臓器を摘出した後は、重さを量ってから警察に撮影をしてもらう。

肝臓の右葉と左葉を分けている肝鎌状間膜を剪刀で切開し、更に横隔膜に沿って肝臓の上部を切り離すように切開する。胆嚢を破らないように注意しながら、肝門部を離断し肝臓を取り出す。重さを測定すると、九百グラムと、肝臓も小ぶりだ。

肝臓に近接していた右の副腎も摘出し、次は脾臓《ひぞう》に取り掛かる。脾臓も八十グラムと小さい。左の副腎を摘出した後は腸管だ。大腸はガスのせいで少し膨張している。直腸S状部を鉗子《かんし》で挟み、離断する。そのまま下行結腸、横行結腸、上行結腸、回盲部——と腸間膜から切り離す。虫垂の長さは十センチメートルだ。続けて小腸を切り離し、十二指腸下部を鉗子で挟んで離断する。取り出した長い腸管をトレーに入れ、教授に渡した。

次は左右の腎臓だ。腎動脈と腎静脈を切断し、尿管を繋げて摘出する。左の腎臓に嚢胞があり、被膜を剝がす時に潰してしまった。あっ、と思わず声を上げたら教授に睨まれた。

「次は気をつけなさいよ」

「——すみません」

僕は首を竦《すく》めながら、遺体の食道を鉗子で挟んで離断する。胃と十二指腸、膵臓《すいぞう》を一括で摘出し、そこから胃だけを切り離して教授に渡す。教授は「食道が短いわね！」と文句を言うのを忘れない。

教授は胃を大彎《だいわん》側で切り開くと、内容物をビーカーに移し、一部を網杓子《あみじゃくし》で濾《こ》した。

「胃の内容物は三百ミリリットル。胃内には米飯、卵、葉物様片、豆腐様片——。この葉物様片がスイセンだね」

教授はピンセットでスイセンを摘むと、僕が用意したシャーレに置いた。

「南雲くん。胃の内容物と尿、それから血液で薬毒物検査するから。チューブに取っといて」

教授の指示に頷き、ビーカーに入っている胃の内容物と尿、血液をプラスチックチューブに移した。

最後に電動鋸《のこ》で頭蓋骨を開き、脳を摘出しなければならない。骨粗鬆症《こつそしょうしょう》の傾向があるのか頭蓋骨が柔らかく、電動鋸の刃がすぐに脳を包んでいる硬膜まで到達してしまった。鋸断《きょだん》した隙間にT字形のノミを差し込み、ハンマーで叩くとすぐに頭蓋骨が外れた。露出した硬膜をよく見ると、やはり鋸の刃が硬膜を突き破って脳を傷つけていた。

硬膜を除去した後で脳を摘出し、重さを量る。千グラムと、脳も軽い。

脳をトレーに入れ、恐る恐る教授に渡すと、

「あら！　脳に傷がついているわね。一周してる。死因は脳挫傷かしら、全く！」

と、嫌味たらしく言い放つ。僕は謝るしかなかった。

脳に異状はなく、渡部幸枝の司法解剖は二時間ほどで終了した。

「スイセンのアルカロイド中毒で間違いなさそうだね。詳細は胃の内容物や血液、尿の検査後になるけど」

教授は熊谷と秋田東署の警察官らにそう説明している。

僕はその間に遺体の縫合と清拭を猛スピードで終え、二体目の解剖準備に取り掛かった。

渡部寿は高齢の割に体重も重く、警察官らが解剖台に載せるのに苦労している。僕も手伝い遺体の足先を持ったが、ズシリと重く腰に響いた。

解剖台上の渡部寿は幸枝同様、角膜の混濁や硬直などの死後変化が進んでいる。

渡部寿の執刀開始はちょうど十二時。

幸枝とは打って変わって、皮膚が分厚く筋肉質でメスの刃が通り難《にく》い。苦戦していると、向かい側の教授はいとも簡単に大胸筋や小胸筋を捲《めく》っている。

「また猫背になってるよ。顔を近づけ過ぎなんだってば」

「はいっ！　すみません！」

急に背筋を伸ばしたものだから、腰に激痛が走った。

「いてて……」

顔を顰《しか》めると、教授が心配そうに手を止めた。

「どうしたのよ？」

「腰が……」

「まだ若いのに、何言ってんの！　少しは鍛えなさい。胴回りに筋肉がないからよ。

心配して損した！」

教授は勝手に憤慨し、再び手を動かし始める。

渡部寿も胸の筋肉には出血がなく、肋骨の骨折もない。肋骨を取り外した時、教授が犬の様に唸《うな》った。

「どうしたんですか？」

「左右の肺が少し膨隆しているね」

「肺水腫では？」

「この様子だと、肺水腫とは違う。――もしかしたら、プランクトン検査かな」

教授の予想通り、渡部寿の胃の内容物は食物残渣ではなくほぼ水で、砂や小石が交じっていた。スイセンの葉らしきものはない。この結果に熊谷は「あやぁ！」と声を上げた。

「渡部寿は、まんま食ってねぇっすな」

「そうだね。溺水する程ではないけど、水を吸引しているよ。私は肺を視《み》るから、南雲くんは頭をお願いね」

頷くと遺体の頭髪をバリカンで剃《そ》る。禿頭《とくとう》だったのですぐに終えた。後頭部の皮膚は僅かに赤いだけで、損傷はない。

「教授、頭部の皮膚に挫創はありませんが……」

「開けてみないと分からないよ！　外表に異状がなくても、中が骨折やら出血で凄《すご》い損傷になっている場合もあるからね。外表だけで判断したらダメ」

言われるまま頭皮を切開して息を呑んだ。頭皮内面に夥《おびただ》しい血腫があり、頭蓋骨は、左の側頭骨から頭頂骨にまで骨折線が走っていた。驚く僕に教授は「ほら見たことか」と不敵に笑った。

電動鋸で頭蓋骨を開けると左側をメインに硬膜外血腫を起こしていた。周りに警察官が集まり一挙手一投足に注目している。僕は緊張しながら脳を摘出した。頭蓋底を観察すると、骨折は中頭蓋底にまで及んでいた。これを外表から見抜いていたとは、さすがは教授だ。

「南雲くん。検案の時、耳の後ろに〈バトル徴候〉が出ていたの分かった？」

全然気づかなかった。冷や汗が噴き出す。

頭部外傷では、前頭蓋底骨折の場合眼瞼の周囲が紫色に変色する〈ブラックアイ〉や中頭蓋底骨折の場合耳の後ろが紫色に変色する〈バトル徴候〉が見られる。教授は渡部寿の耳の後ろのわずかな変色から、中頭蓋底に骨折があることを予想していた。

遺体の耳をそっと捲り、バトル徴候を確認した。昨日よりも青紫色が濃くなっている。「今日検案をしたら、僕でも分かったかもしれない」とも考えたが、完全な負け惜しみだ。

「ブラックアイやバトル徴候は受傷から時間が浅いと分かりづらいのよ。更に渡部寿は肌色が浅黒かったしね。南雲くんはまだ経験が浅いし、識別できないのも無理はない」

「もしかして、検案の時に直腸温が高かったのは……」

「頭部外傷は高体温になるからね。湯船に浸《つ》かったからではない」

スイセン中毒を見抜いて調子に乗っていたのが仇になった。勉強不足で情けない。

「渡部寿の死因は外傷性の硬膜外血腫だね。胃の内容物にスイセンの葉はなかったし、アルカロイド中毒ではないよ。胃内から少量だけど砂や小石が出て来たから、浴槽の水ではなく、どこか自宅外の水を吸引しているね。肺の膨隆は肺水腫ではなく、水の吸引のため。こりゃ、死体遺棄事件だね。どうりで渡部幸枝よりも死後変化が進んでいたはずだよ。受傷場所の特定、頑張って！」

教授はハッパを掛けるが、熊谷らはどことなく元気がない。ただの食中毒事案であって欲しいと思っていたのだろう。死体遺棄事件となると厄介だ。

「やっぱり、ただの食中毒じゃねがったんすなぁ……。どっかの水辺で頭打って、瀕死の状態で水を吸引したんだべが？」

「頭を打つ前後でしょうね。どっちが先かは断定できない」

「手足の擦過傷は、そん時のもんだべな」

「その可能性が高いわね」

「そして、何者かが風呂場さ運んだど」

「そうそう。──私を呼び出すなんて、熊谷さんの勘も捨てたもんじゃなかったわね！」

「いや、まあ……。んだっすな」

熊谷は、喜んでいいのか悪いのか、といった表情だ。

「南雲くんも、プランクトン検査をすぐにお願いね！」

こちらにも、とばっちりが来た。

「あ、明日じゃダメですか？」

教授に横目で睨まれた。

「解剖が終わったらすぐに帰る気？　結果が気にならないの？　私なら気になって夜も眠れないけど」

「──すぐやります」

教授が秋田東署の警察官に「渡部家の近隣に水辺はあるか？」と尋ねると、初老の係長が即座に答えた。

「それだば、太平川だんしな。散歩やジョギングをしてる人、多いんすども。本庄君憲もよぐ川沿いを犬連れで散歩してらんだど」

「それならそこの水を、二リットルのペットボトル二本分ぐらい採って来てちょうだい。プランクトン検査に使うから」

係長が若い警察官に指示を出すと、すぐに解剖室を飛び出して行った。

渡部夫妻の司法解剖が全て終わったのは午後三時過ぎ。

疲れを感じている暇はなかった。

僕は解剖着に白衣を羽織ったまま、検査室へ飛び込んだ。渡部寿の両肺と肝臓、腎臓を用いて、プランクトン検出のための検査をする。秋田東署の警察官が大急ぎで現場の水を採って来てくれたので、検査に必要な物は全て揃った。

検査室で器具の準備をしていると、鈴屋が入って来た。祝日なのに実験計画を立てるとかで大学へ来ていたらしい。

「どうした？」

「ちょっと休憩です」

「こっちは忙しいんだから、邪魔すんなよ」

「そんなつもりはありませんよ。——時間があるので、お手伝いしてあげてもいいですけど」

「マジ？　助かる」

「〈壊機法〉を実際に見たことなかったので。教えて欲しいと思ったんです」

「それなら、南雲大先生と呼べよ」

「調子に乗らないでくださいよ」

プランクトンの検査法は法医学の教科書にも載っている〈壊機法〉だ。

爆発の危険があり、金属をも溶解する発煙硝酸という強酸で、フラスコに入れた臓器を煮沸する。そうすると臓器片は溶けてなくなり、溶液だけになる。それを遠心分離機にかけると、プランクトンが沈殿する。上澄みを捨てて蒸留水を加え、再度遠心。それを繰り返し、最後に沈殿物をプレパラートにすれば完成だ。

ここまでの作業に数時間かかった。危険物を扱う作業だ。プロセスと注意点を説明する間、鈴屋は時折質問を挟み、メモを取りながら真面目に作業を見守っていた。

「よし！ これで一晩乾燥させるぞ」

ふと横を見ると、鈴屋と目が合った。鈴屋は慌てて目を逸らす。

「どうした？」

「――い、いえ、別に。教えていただいて、ありがとうございました」

鈴屋は礼儀正しく頭を下げる。「先輩として当然」と胸を張った。

そこへ教授が「プランクトン検査どうなった？ 終わったの？」と言いながら、検査室へ飛び込んで来た。

「あら、鈴屋さんもいたの？」

教授は鈴屋の姿を確認すると目を丸くした。

「あ、はいっ。壊機法を教えていただきました」

「──ふうん。そうなの」

「じゃ……じゃあ私、し、失礼します！」

と、鈴屋は逃げるように検査室を後にした。教授が怖いのだろうか。教授は何故かニヤニヤしながら僕を見る。

「なるほどねぇ」

「何が『なるほど』なんですか？」

「ううん。何でもない」

「今、ちょうど壊機が終わりました。後は、このプレパラートを明日まで乾燥させて──」

「そんな悠長なこと言ってられないよ！　今すぐ結果を知りたいんだから。貸して！」

教授は僕からプレパラートをひったくると、すぐに顕微鏡で覗き始めてしまった。カバーグラスが剝がれないかとヒヤヒヤする。

教授は顕微鏡を覗きながら「いるいる」「やっぱりね」などと独り言を呟いていた。

「どうですか？　教授」

左右の肺、肝臓、腎臓、現場の水と、全てのプレパラートを検鏡し終えた教授は、僕の方へくるりと椅子を回転させた。

「全ての臓器に淡水系のプランクトンがいるよ。渡部寿の体内から検出されたプランクトンと、採取水のプランクトンの種類が一致してるから、渡部寿の受傷現場は太平川だわ」

「死因は溺死にならないんですか？」

そう尋ねると教授は、

「いい質問だね。溺水する程は吸引していなかったから、死因は外傷性の硬膜外血腫とした。――さて、熊谷さんに知らせないと」

教授はその場で自らのスマートフォンをスピーカー状態にし、熊谷に連絡した。プランクトン検査の結果を伝えると熊谷は大喜びだった。

四月三十日（金）

今日もすっきりとしない花曇りだ。雨が降らないだけ、まだマシか。

昨日の解剖のせいか疲れが取れない。今日一日頑張れば、また明日から休みだ。気力を振り絞ろうとするが、明日も解剖が入ったらと思うとちょっぴり気が重い。

午後三時。少し空腹を覚えつつ、医学図書館から戻ると、ミーティングルームで教授が待ち構えていた。満面の笑みが怖い。

「お疲れさまです」と足早に通り過ぎようとしたが、案の定呼び止められた。

「待ちなさいよ。南雲くん、コーヒー飲まない？　淹《い》れてあげるから座りなさいよ」

「い、いいえ。結構で……」

「遠慮しなくていいのよ！」

仕方なく教授の向かい側に腰掛けた。教授は張り切って流しに立つと、インスタントコーヒーの瓶にスプーンを突っ込み、力任せにザクザクと掘り返した。嫌な予感がする。

その内、コーヒーのいい匂いが漂って来た。

「ブラックでいい？　はい、どうぞ」

教授が僕にマグカップを手渡す。少し恐縮しながら「いただきます」と一口含んだ途端、脳天を突き抜ける苦味が舌先に広がり、吐き出しそうになった。

「うぶっ！」

スプーンでかき混ぜると、大量の粉末がカップの底に沈殿していた。恐ろしく濃い液体だ。そっとマグカップを置く。

「どうしたの。熱かった？　南雲くんは猫舌なんだね」

教授は「苦いコーヒーは最高」と平気な顔で啜《すす》っている。信じられない。

そして今日も教授の手元には、お茶請けの和菓子が置かれている。皿に「花見だんご」が山盛りだ。ざっと二十本はあるだろうか。既に食べ終えた串も五本ある。

花見だんごといってもお馴染《なじ》みの三色ではなく、団子の周囲を羊羹《ようかん》でコーティングしてある代物だ。どうやら横手の名物らしいのだが、他の地域では「あやめ団子」としてスーパーの和菓子コーナーで手に入る。

こうしている間も団子は消えていく。教授の頰はリスの頰袋に見える。教授は一串食べ終わるごとにコーヒーを啜り、満足そうな表情だ。

花見だんごは僕も好物だが、和菓子屋以外で団子が山になっているのは初めてだ。見ているだけでお腹いっぱいになり、団子からそっと視線を逸らした。

「――僕に何かお話でも?」

「そうそう。昨日の薬毒物検査の結果が出たのよ。ほら」

教授は僕に数枚の書類を手渡してきた。

渡部寿と幸枝から採取した血液と尿、胃内容物で薬毒物の詳しい検査をした結果、幸枝の胃内容物と血液からリコリン、ガランタミン、タゼチンが検出された。スイセンに含まれる毒性成分のアルカロイドである。一方、寿からは何も検出されなかった。

「渡部寿は食卓に着く前に殺害・遺棄されたんですね。胃の中空っぽでしたし」

教授は頷くと、

「その犯人が捕まったのよ。熊谷さんから報告があった」

「ええっ！　だ、誰ですか⁉　調理担当の嫁が怪しいと思っていたんですけど」

「全然違う」

「じゃあ、隣人ですか？　あの、本庄って人」

「ほら、また登場人物を全部言おうとしてる。論理的に考えないのが南雲くんの悪い癖だよ。犯人は、検案中に飛び込んで来た幸枝の甥夫婦。遠藤、だっけ？」

「あの二人だったんですか――」

検案中の印象的な出来事だったのに、すっかり忘れていた。

幸枝の甥である遠藤裕典は定職に就かず、叔母である渡部幸枝に金の無心を繰り返していたらしい。幸枝から金をむしり取る裕典を寿は日頃から快く思っておらず、顔を合わせれば喧嘩《けんか》ばかりしていた。

一昨日の午後四時頃、ユキジローの散歩をしていた寿と遠藤夫妻がばったり出くわした。遠藤夫妻は納車されたばかりの新車に乗っていた。それを見た寿は「定職に就かず、嫁の稼ぎと幸枝の小遣いで暮らしている癖に」「二度と渡部家の敷居をまたぐな」と憤慨。口論となり裕典が寿を突き飛ばしてしまった。

寿は川べりの石で後頭部を強《したた》かに打って流れに倒れ込んだ。慌てた遠藤夫妻が寿を川から引き上げ、車に乗せて現場から走り去った。ユキジローはそのまま置き去りにされ、寿は車の中で死亡した。二人は病院に運ぼうとしていたが怖くなり、幸枝に相談しようとそのまま渡部家に向かった。

渡部家に到着すると、幸枝と富美子が居間と台所で苦しんでいた。何かの食中毒と察した遠藤夫妻は、チャンスとばかりに寿を風呂場に運び、全裸にしてシャワーをかけ、川原の砂や泥を流すなどの証拠隠滅をして、風呂場で倒れたかのように見せかけたのだった。遠藤夫妻は「渡部家の人間が全滅すれば財産にありつけるかもしれない」と、悶絶する富美子と幸枝を見殺しにしたのだ。風呂を沸かす小細工までしていたのにはほとほと呆《あき》れる。

彼らの車からは寿のDNAと、太平川に生息する川藻が検出された。

「納車されたばかりの新車から寿のDNAが検出されるのはおかしい」「不仲だった寿を車に乗せることはあるのか」「寿はいつ車に乗ったのか」と警察が追及したが、遠藤夫妻はそれでもしらを切っていた。図太い奴らだ。

しかし、司法解剖と薬毒物検査の結果を突きつけると、観念したのか自白したという。

「検案も解剖もせず食中毒事案として処理されてたら、遠藤夫妻は今でものうのうと暮らしていただろうね。やっぱり、私が乗り込んで正解だった。ねっ！　そう思わない？」

教授は自画自賛した。僕は愛想笑いで頷く。

「朗報があるよ。入院中の渡部富美子の容態が安定したって」

渡部富美子が事情聴取に応じられるほどに回復し「スイセンは幸枝が無人販売所から買って来た」と供述した。ニラと間違えてスイセンを販売していたのだ。無人販売所で野菜を売っていた農家に裏が取れ、富美子の嫌疑が晴れた。

「泣き喚《わめ》いていたのは、芝居だった訳か。よくやるよ、あの夫婦。ふてぶてしいね」

親戚連中には、金の無心をして来るようなろくでもないヤツが必ず一人はいるものだと思い知る。関東にいる親戚の顔ぶれを思い出し、秋田に移住して良かったと心底思った。

「一家三人の中で二人はスイセン中毒、一人は殺人もしくは傷害致死という珍しい事例だね。南雲くん、今年の地方会で発表したら？　全国集会の演題締め切りは、もうとっくに過ぎちゃったから。鑑定書が完成したら、いつでも参考にしていいよ」

「はぁ……」

学会の話を持ち出され、疲労がどっと押し寄せて来た。

濃いコーヒーのせいでカフェインが効き過ぎたのか、少しふらつきながら院生部屋へ向かう。

窓を開け、新鮮な空気を胸いっぱい吸い込む。

後から鈴屋が入って来たので窓を閉めようとしたら「開けたままで大丈夫です」と、足早に近づいて来た。

「どうした？　何か用？」

鈴屋がおもむろに「はい」と何かを手渡して来た。受け取ったそれは僕の大好物「バナナボート」だった。「たけや製パン」の昔ながらの人気商品で、ふわふわのスポンジ生地にバナナと生クリームを挟んだ半円形の菓子だ。一般的にはオムレットと言うのだろうか。

スーパーやコンビニで購入できるが、ほぼ秋田県内でしか手に入らない。全国展開しているものと思い込み、帰省した時に探したが全く見つけられなかった。似たような菓子を食べてみたが、バナナボートの足元にも及ばない。国家試験勉強の最中、夜食にバナナボートばかりを食べていたら二キロも太ってしまった。

「壊機法を教えていただいたお礼です」

鈴屋は俯《うつむ》きながらそう言った。

「やった！　もらっていいの⁉　サンキュー。腹減ってたんだよ」

バナナボートの外袋を破ると、すぐさま頬張った。濃いコーヒーでやられた舌に優しい甘みが染み渡る。ミネラルウォーターで流し込みながら、一気に完食してしまった。そんな僕の様子を見て、鈴屋が「ふふっ」と笑う。

「——それじゃ」

鈴屋はさっさと行ってしまった。入れ違いに教授が入って来る。何故かニヤニヤしていた。

「——アンタ、鈍感だね。ま、そこが長所でもあるけど。春は近いかもね！」

教授は何だか嬉しそうにそう言うと、僕の背中を一発叩いて院生部屋を出て行った。

教授の平手打ちは、かなりの破壊力がある。

僕は再び窓際まで行き、深呼吸をする。

院生部屋から見える桜は葉桜になりかけていた。花の季節は短い。

春は過ぎ去ろうとしているのに「春が近い」とは一体どういうことだろう。

僕は首を傾《かし》げた。

第三話　子守唄は空に消える

六月九日（水）

ジトジトした湿気が纏《まと》わりついて息苦しい。汗をかいていないのにもかかわらず、肌がベタベタする。ネクタイを緩め、ハンカチで顔や首を拭った。

秋田市は一週間前から既に梅雨のような天気が続いていた。今朝からも小雨が降ったり止《や》んだりで、湿度が高く肌寒い。

路線バスの車内が暖かかっただけに、外との気温差が激しく少し身震いをしてしまう。バスターミナルの屋根の下で折り畳み傘をしまうと、スーツケースを引き摺りながらすぐにエスカレーターへと向かった。荷物を最低限にしたはずなのに重く感じるのは雨のせいだ。

平日昼前の秋田駅東口は行き交う人が少ない。だだっ広いぽぽろーど——東西連絡自由通路——は人がまばらで少し不安になる。

スーツケースの振動を抑えるために、わざと木目の通路を歩いた。ぽぽろーどの壁面には秋田杉が使われていると聞くが、床面の木材も秋田杉なのだろうか。

毎年この時期には日本法医学会の全国集会が開催される。僕も学会会場の仙台へ向かうべく、秋田駅の新幹線乗り場を目指していた。

改札口に着くと、ちょうど東京からの新幹線が到着したのか、人の流れが少し増えた。電光掲示板と切符を確認すると、十一時ちょうどの出発までまだ一時間もあってホッとした。

指導教官である上杉永久子教授は、学会理事を務めているので昨日から不在だ。鬼の居ぬ間に洗濯とはこのことで、悠々と羽を伸ばしている。決して仕事や勉強をサボっている訳ではない。教授の淹《い》れた濃すぎるコーヒーを飲まないだけで、胃が軽くなり食欲が復活した。

後輩で修士一年の鈴屋玲奈は学会発表がなく、教授に留守番を命じられ法医学教室に残っている。僕もさっきまで大学にいて、実験動物の世話を終えて来た。出がけに「ちゃんと留守番してますから」と仙台土産を頼まれた。先輩に向かって土産をねだるとは少々図々しいのではないか。鈴屋は地元出身だが今年の三月まで仙台の大学に通っていたので、僕より仙台事情に詳しい。

土産はやはり「萩の月」だろうかと考えていたが、鈴屋からは「喜久福」を頼まれた。果たして喜久福とは——と、スマートフォンを開こうとしたが、いつしかお土産売り場の新商品に心を奪われてしまった。

それにしても、秋田駅に来たのはいつぶりだろう。土産の種類が増えていることに喜びを覚えつつ腕時計を見て驚く。既に出発三十分前になっていた。

慌てながらも、車内で堪能するべくお菓子を買い求め、急いで改札口に向かった。

その時、前方から見慣れた人物が悠々と歩いて来たので、立ち止まる。白髪でざんばら頭の男が眼前まで来ると「よぉ、南雲先生」と片手を上げた。

「ひ、秀世先生じゃないですか！　どうしたんですか、こんなところで」

「おめぇだのどころさ、行くどごだったのよ」

上杉秀世は教授の夫で、現在は大曲で歯科医院を開業している。水曜日は休診日で、こうしてたまに秋田市内へ出向いては法医学教室に顔を出す。秀世も僕も日本酒が好きなので、いわば飲み仲間だ。

秀世は薄手のロングコートを羽織り、首には若草色のスカーフを巻いている。基本的にはオシャレなのだが、ガリガリに痩せていて前衛芸術家にしか見えない。

「南雲先生こそ、なしてここさいだ？」

「法医学会ですよ。これから仙台に向かうんです」

「さい！　そう言えば、んだった！　永久子がら聞いでで、すっかり忘れでらった」

秀世は自分の額を片手ではたいた。秀世も法医学会員なのだが、今回は目ぼしい発表もなかったので不参加にしていたらしい。

「へば、永久子も仙台だな」

「教授は理事なので、昨日から出かけてます。教室には鈴屋さんしかいないです」

「あやや……」

秀世は肩を落とした。僕も残念だが仕方がない。

「――せば、大曲さ戻るがな。仙台まで気ぃつけでな」

「お土産買って来ますから。やっぱり日本酒がいいですか？」

秀世と共に改札口へ向かう途中、スーツのポケットに入れていたスマートフォンが振動した。画面には教授の名前が表示されている。思わず背筋が伸びた。

「なした？　誰がらよ」

「教授からです」

「早ぐ出れ。急用がもしれねぇど」

秀世に急《せ》かされ、スマートフォンの画面をタップする。

「南雲くん？　今どこ？」

開口一番そう訊《き》かれ「秋田駅です。まだ新幹線には乗っていません」と答えた。

「ちょうど良かった。すぐに大学に戻って」

「へ？」

「司法解剖が一件入ったのよ。私もこれからすぐに戻るから」

「ええっ⁉」

「解剖の準備、頼んだわよ」

そんな……。学会とはいえ、久々の小旅行を楽しみにしていたのに。隣では、状況を察した秀世がニヤニヤしている。電話の向こうで教授は僕の落胆を見透かすように、

「学会は旅行や観光じゃないんだからね！　発表を見聞して法医学の知識を広げ、更に他県の法医学関係者との交流を深めるために許可してるんだから。そこんとこ、分かってるの？」

全くその通りで、ひたすら謝るしかなかった。

「――まあ、いいわ。それで、今日の解剖の事案なんだけど」

急に話が変わったが、説教が終わってホッとする。

「乳児なのよ。生後二ヶ月。南雲くん、乳児の司法解剖は初めてでしょ？」

「赤ちゃん――」僕は絶句してしまった。緊張のせいか急に腹が痛くなってきた。

「現場は由利《ゆり》本荘《ほんじょう》市《し》古雪町《ふるゆきまち》の民家。詳細は帰ってから話すわ。遺体搬入は三時の予定だから、それまでには戻れると思う。それじゃあ切るわよ。これから、上杉にも連絡しなきゃいけないから」

「秀世先生でしたら、今、隣にいますけど」

「ちょうど良かった！　遺体の口腔内鑑定を頼もうと思っていたのよ。そのまま南雲くんと一緒に大学へ向かうよう言って頂戴」

「どうしてですか？　身元は分かっているんですよね」

僕の一言が、また教授の怒りに火をつけた。

「南雲くんねぇ、乳児の口腔内鑑定をする理由が分からないの？　私が戻るまでにちゃんと勉強しときなさいよ！　宿題にして、後で答え訊くからね！」

一方的に切られてしまった。教授の怒鳴り声のせいで鼓膜がビリビリと痛い。腕時計を見ると、時刻は十一時前。これから教科書を開いて間に合うだろうか。一気に不安が押し寄せ、更に体温が下がった気がする。

「いやいや、赤ん坊の鑑定はひやしぶりだで」

「秀世先生……」

秀世に縋《すが》る眼差《まなざ》しを向けると、穏やかに笑いながら僕の肩をポンポンと叩《たた》く。

「少ぉし早ぇども、昼飯食って行くべ。な？　食いながら、教えでやるがらよ」

全て察してくれたらしい秀世に促され、駅ビル「トピコ」のラーメン屋に入った。昼までまだ時間があるせいか客は僕らだけ。僕はチャーシュー麺、秀世は五目ラーメンを注文したらすぐに運ばれて来た。

「乳児の虐待には色々あってな。『ネグレクト』は知ってるべ？」

僕は麺を啜《すす》りながら頷《うなず》く。「ネグレクト」とは、乳児や高齢者などの世話をせず放置することだ。

「乳児がネグレクトに遭えばよぉ、誰も口ん中を綺麗《きれい》にしてやらねぇがら、口内環境は劣悪なのよ。虫歯や口内炎が多ぐなる。へば、乳児の歯はいづがら生えで来る？」

急に口頭試問が始まったので噎《む》せた。教授も会話中にしょっちゅう口頭試問を挟んで来る。やはり夫婦は似るものなのだろうか。

「せ、生後約半年からです」

「最初にどご生える？」

「下の前歯から」

「んだ」

秀世は満足そうに頷くと、僕のコップに水を注いでくれた。

「今回は生後二ヶ月だし、まだ歯は生えでねぇども。口内の状況は確認しておいだ方がいい。顔面に暴力を受けだら、上唇小帯ど下唇小帯が切れるごどもある」

乳児の口内の状況で、どのような虐待を受けているのか分かる場合があるという。

粗方食べ終わった僕は、すかさずメモを取った。

「まあ、今日のケースはまだ虐待死ど決まった訳じゃねぇがらな。ミルクの誤嚥《ごえん》窒息

「乳幼児突然死症候群です！　何の病気も予兆もないまま、乳幼児が突然死することがもしれねぇし『ＳＩＤＳ』がもしれねぇ。ＳＩＤＳは――」

です」

秀世に質問される前に胸を張って答えたものの、医師なら知っていて当然のことだ。秀世は僕の大声に目を丸くしたが、すぐに「よろしい」と頷いた。

「――今まで元気だった自分の子供が、ある日突然急に死ぬなんて、母親はずっと受け入れられねぇべな。こればっかりは、どうしようもねぇ……。虐待もなぁ。『したら、産まなぇばいがったのに』と、簡単に言い切れる問題でもねぇ」

秀世は小・中学校の校医の仕事も引き受けている。子供の診察をしていて虐待に気づくこともあるという。

「歯は真っ黒でよぉ、歯茎は炎症だらけ。定期的に歯科医院さ通ってる子供ど、えらい違いよ」

「そんな時、秀世先生はどうするんですか？」

「勿論《もちろん》、先生方さ正直に話すよ。『虐待の疑いあり』ってな。その後は先生方の対応に任せるしかねぇのよ」

秀世は腕時計を見て「さ、そろそろ行ぐが」と伝票を摑《つか》んで腰を上げる。僕が財布を出そうとすると秀世が「出世払いでな」と笑いながらレジへ向かった。出世できるか不安になったが「ごちそう様です」と頭を下げた。

トピコを出ると、雨は再び本降りになっていた。秋田駅の西口はデパートやホテルが立ち並び、東口よりも人通りが多い。秋田医科大病院へ向かうバスが停留所に停まっていたので、傘も差さずに走って乗り込んだ。

秀世は息を切らしながら「もう梅雨入りしたんでねぇが」と誰にともなく呟《つぶや》く。

秋田の梅雨入りは平年だと六月の中旬頃で、七月下旬まで長い雨の季節が続く。僕は雨の日が好きだ。植物が生き生きとして見えるから。車窓を流れる鄙《ひな》びた風景を目にしながら、東京にいた頃は雨の日が嫌いだったと思い出す。コンクリートジャングルが更にどす黒くなり圧迫感を醸し出していた。今はもう、その苦しさを感じることはない。

法医学教室へ戻った僕と秀世を出迎えた鈴屋は、かなり驚いていた。

「どうしたんですか⁉　新幹線に乗れなかったとか？　どうして秀世先生まで？」

「三時から司法解剖が入ったんだよ。教授も、もうすぐ戻って来る」

「ひえっ！」

鈴屋は急に怯《おび》えると、机の上に放置してある食べかけの菓子やカップ麺の空容器を片づけ始める。僕は吹き出してしまった。

「誰もそんなとこ見ないから、大丈夫だよ」

「だって、教授は鋭いから……。そういや、今日の解剖は、どんな事案なんですか？」

僕はジャケットを脱いでネクタイを外すと、自分の椅子に深く腰掛け溜息《ためいき》をついた。

「生後二ヶ月の赤ちゃんだって。マジで気が重い」

鈴屋は「本当ですか⁉」と、ものすごい勢いで詰め寄って来た。

「私、赤ちゃんの解剖初めてです！」

「僕もだよ」

「虐待ですか？」

「まだ内容を聞いてない」

「教授に見学の許可もらわなきゃ。絶対に見たいです」

「そんなに張り切るなよ。解剖は見世物じゃないんだからな」

僕は眉を顰《ひそ》めたが、鈴屋はこちらに目もくれずスマートフォンを手に取り教授宛てにメールを打ち始めた。

「分かってますって。勉強のためですよ。解剖準備も手伝いますから！」

鈴屋は僕の返事を待たずに白衣を着て院生部屋を飛び出して行った。やれやれと溜息をつく。

そう言えば鈴屋は元々医師志望で、小児科医になりたかったと話していた。子供が犠牲になる事件が報道されると、いつも怒りを露《あら》わにしている。

「どれ、南雲先生。オラだも解剖室さ行って準備するが」

ロッカーにジャケットとネクタイをしまい荷物を片づけると、解剖着を持って解剖室へ向かった。昨日から明滅を繰り返していた廊下の蛍光灯は、交換されたのか明るく光っている。

渡り廊下には、横殴りの雨が吹きつけて来た。学舎の片隅では、もうすぐ開花しそうな紫陽花《あじさい》が瑞々《みずみず》しく輝いている。滑りそうになりながらも小走りに駆け抜け、男子更衣室で着替えると解剖室のドアを開ける。

既に、秀世が鈴屋に指導を始めていた。

「赤ちゃんの身体《からだ》は小せぇがら、一部の解剖器具は大人用のじゃやざねぇ」

「やざねぇ」とは秋田弁で「ダメ」という意味だ。東京から移住したばかりの頃は全く聞き取れず苦労したが、今では通訳できるほどになってしまった。

「はい！」

鈴屋がメモを取る姿は、気合いが入っている。返事だけは威勢が良いが、本当に理解しているのか心配になる。

「南雲先生も早ぐ、こっちさ来い」

解剖室の入り口に佇《たたず》んでいた僕を秀世が手招きする。解剖台に近づくと、小ぶりの骨膜剝離子やピンセットが並んでいた。

「乳児の骨は柔らけぇがら、外科用剪刀で剪断《せんだん》できるど。肋骨剪刀はいらねぇ。鉗子《かんし》もなるべく短ぇのがいいな」

「秀世先生。乳児用の解剖器具なんてどこにあったんですか？」

「おう。あそごさ入ってら。全部揃ってらど」

と、秀世は、解剖器具や消耗品が入った棚の引き出しを指差した。

「南雲先生や鈴屋さんが来る前、人手が足りねぇど解剖を手伝わされだがらよぉ。この解剖室のどごさ何があるがは一通り知ってらつもりだ」

教授が秀世を顎で使っている様子が目に浮かぶ。鈴屋も同じだったようで、目が合うと小さく笑った。

「ＳＩＤＳの疑いがある時は、採取した検体を外注で検査してもらわねばねぇがら、採取用のチューブも用意さねばねぇど。成人の遺体より準備さ時間かかる」

他にも、細菌やウイルス感染の可能性も考えなければならない。

「赤ちゃんは喋《しゃべ》れねぇがらよ。家族が知らねぇ内に大病に侵されている場合もある。髄膜炎どがな。高熱出だ場合は要注意だな」

「でも、近年は医学も進歩しているし、感染症でそうそう命を落とすなんて考えられないんですけど」

鈴屋は虐待と信じて疑わないようだ。指先で何度も眼鏡の位置を直し、怒りのせいか頬が紅潮している。しかし先入観はよくない。

「まだ遺体を視《み》ていないのに、決めつけるなよ」

「だって……」

鈴屋は頬を膨らませる。

「んだんだ。南雲先生の言う通りだ。警察からは話半分で聞いでおぐのが一番いい。捜査は始まったばっかりで、情報は少ねぇ。その情報が間違ってら時もあるど。先入観を持ったまま解剖して、冤罪を生んだら大変だべ」

秀世に窘《たしな》められ鈴屋は「分かりました」と素直に頷く。僕への態度と違うではないか。

その時、書記机に置いてあった鈴屋のスマートフォンが短く振動した。画面を見た鈴屋は「やった」と嬉《うれ》しそうに声を上げる。どうやら、教授から解剖見学の許可が下りたようだ。

「解剖手技はやっぱり『慣れ』だな。当たり前だども、事案は数多く経験した方がいいど。特に南雲先生はな」

秀世の助言に、僕は頷いた。

午後三時少し前、解剖着姿の教授が静かに姿を現した。「お帰りなさい」と言う鈴屋に教授は力なく片手を上げる。いつもなら「もうすぐ警察が来るから、早く支度しなさいよ！」などと言いながら、ドアを勢いよく開けて入って来るのに。

「ああ、南雲くんもいたのね。今日は大変だったわね。せっかく秋田駅まで行ったのに」

「いえ。そのおかげで、秀世先生にも会えましたし……」

「そう」

教授の覇気がなく、様子がおかしい。僕と鈴屋は顔を見合わせた。

「教授……。どこか具合でも悪いんですか？」

そう尋ねると、教授は首を横に振った。

「別に。どうして？」

「いえ……」

「何だか今日は、乗り気じゃないのよね」

「えっ⁉」

僕と鈴屋が同時に驚きの声を上げたものだから、教授は眉を顰める。

「何よ、そんなに驚かなくてもいいじゃないの」

「教授が解剖をやりたくないなんて……。槍《やり》でも降るか、地球が滅亡するのでは」

「失礼ね。私だって、そんな日もあるわよ」

教授は「どっこいしょ」と書記机の椅子に座った。学会で疲れているのだろうか。

秀世なら理由が分かるに違いない。視線を向けると、秀世はぎこちなく僕から目を逸《そ》らした。

その時、解剖室の外から車の音がした。熊谷検視官ら警察が到着したのだろう。鈴屋が遺体搬入口のドアを開けると、熊谷検視官が「本日もよろしくお願いします」と敬礼しながら入って来た。

熊谷の背後から由利本荘署の警察官らが数人続き、その内の一人が小さなエンゼルバッグを大事そうに抱えている。——乳児の遺体だ。警察官は、その包みをそっと解剖台に置いた。

「角田翔《つのだかける》、生後二ヶ月の男児だんし」

熊谷は浮かない表情でエンゼルバッグのジッパーを開く。やはり熊谷も乳児の解剖は気が進まないのだろうか。

角田翔の身体は小さく、まるで眠っているかのようだ。無影灯に照らされた肌はやたらと青白く血の気がない。鈴屋が息を飲むのが分かった。

「何の因果かしらね、全く。ねぇ、熊谷さん」

教授は椅子から立ち上がり、解剖台に近づくと遺体を覗《のぞ》き込む。熊谷は「んだっすな」と頷いた。

「『因果』と言うことは、過去に何かあったんですか？」

僕がそう尋ねると、教授も熊谷も話し難《にく》そうだったが、最終的に教授が口を開いた。

「――実はね、この子の父親と兄も司法解剖になって、私が執刀しているのよ」

驚きすぎて声が出なかった。

「そんな……。一家の殆《ほとん》どが異状死扱いなんて……」

「――まあ、滅多にないことよね」

熊谷がブリーフケースから書類を取り出し、書記机に並べた。

「角田翔の父親と兄の捜査情報だんし」

角田翔の兄、亘《わたる》は三年前に自宅近くで軽トラに轢《ひ》き逃げされ、二歳で死亡していた。轢き逃げした犯人は、すぐに出頭したようだ。死因は脳挫傷だった。

土木作業員だった父親の角田蒼《そう》は、半年前に作業現場の足場から転落し亡くなっていた。死因は、鉄筋に腹部を強打したことによる肝臓破裂。ヘルメットを被《かぶ》っていたので頭部は守られたようだが、肝心の命綱を怠って高所に上ったらしい。享年三十五で、亘と共に若すぎる死だ。

「轢き逃げと業務上過失致死……。それじゃあ、角田家で残ったのは、母親の角田郁《いく》美《み》だけ……？」

僕は絶句した。

「そういうことになるわね。――二人の司法解剖は今でもよく覚えているわよ。特に角田亘の方は損傷が酷《ひど》かったわね。脳が体外に露出して、道路に飛散したのを交通課が全部拾って持って来たのよ」

死亡轢き逃げ事案は捜査一課ではなく交通課の担当になる。熊谷が検視を担当したのは、父親の角田蒼のようだ。

「角田亘の解剖には入ってねがったんすども、角田蒼の解剖は覚えでらんし。命綱さえあれば防げだ事故だったんすなぁ。『一家の大黒柱を失って、これがらどうするんだべ』『まだ若ぇのに不憫《ふびん》だなぁ』ど思った記憶があるんし。母親も、何度も事情を聞かれて憔悴《しょうすい》しでだども――それど……」

熊谷の声が低くなる。

「大学の前さ、不審な人物いねがったんすか？　中年の男だども」

僕は秋田駅から帰って来た時の記憶の糸を手繰《たぐ》りつつ、秀世と顔を見合わせた。全く覚えがなく、秀世も同じなのか肩を竦《すく》める。

「いえ……。気づきませんでした。鈴屋は何か気づいた？」

「私も全然。ずっと留守番していましたけど、教室には誰も来ませんでしたし。変な電話とかもなかったです」

教授が「熊谷さん、どういうこと？」と眉を顰める。

「実は、東京がら来た週刊誌の記者が、うろついでいるみでぇだんし」

今回の事件を嗅ぎつけた記者が、角田家の周囲だけでなく、秋田県警や秋田医科大の近辺を探り回っているらしい。熊谷の表情は険しく、

「『角田郁美が、保険金目当てに家族を殺害したのではないか』ど、ネットで早ぐも噂になってらんしな」

鈴屋がスマートフォンで検索し「本当だ、酷いことが書いてある」と声を上げた。

「全く！　そうやって面白おかしく事実を捻《ね》じ曲げて部数を荒稼ぎして。嘘っぱちの記事で名声なんか得られる訳ないじゃないの！　私が執刀して全部死因は確定しているんだから！　残された人を殺人犯扱いするなんてダメ！」

教授は憤慨し、書記机を平手でバンバン叩く。その振動でカタカタと揺れるパソコンを鈴屋が押さえる。教授は鼻息荒く、今にも解剖室から飛び出して大学近辺を張っている記者に食って掛かりそうな勢いだ。

しかし、いつもの教授に戻ったみたいで少し安心した。こうでなくっちゃ。

熊谷に角田翔が亡くなった状況を尋ねる。熊谷は手帳を開いた。革の表紙は使い込まれてボロボロになっている。

今朝五時頃、角田家のベビーベッドで翔がぐったりしているのを郁美が発見した。救急車を呼んだものの、翔には既に硬直が出ており不搬送となった。事件・事故の両方が考えられたため救急隊が警察を呼び、熊谷が現場に出向くことになったらしい。

「まんず、角田郁美が酷く取り乱してんすよ、翔の遺体を由利本荘署に搬送するまでだいぶ時間かかって、大変だったんし。本来だば、もっと早ぐ手続きできだんだども」

と、熊谷は大きな溜息をついた。

郁美は翔の遺体に縋り、解剖を頑《かたく》なに拒否したという。解剖に拒否感を示す遺族が多いのは当然だ。今でも「解剖は遺体をバラバラにすること」という間違った噂が巷《ちまた》に流れている。しかし、郁美の様子が度を越していたので逆に警察は疑いを持ってしまったようだ。熊谷や由利本荘署の警察官が「司法解剖は事件捜査の一環」「遺族には拒否できない」と郁美に説明し、何とか納得させたという。

「それは……お疲れ様でした」

頭を下げると、熊谷は険しい表情を和らげた。

「いやいや。解剖拒否の遺族対応は慣れでるんし。――それで、角田翔の検視の時点で気になったんしが……」

熊谷はニトリル製の手袋を嵌《は》め、翔の左腕と左足を触った。

「教授。左腕の肘関節と、左足の膝関節が変形しているんでねぇべが？　オラは骨折を疑ったども な」

熊谷ら警察は虐待の疑いを視野に入れ捜査を進めようとしているようだ。鈴屋は

「やっぱり！　絶対に母親が怪しいですよ、虐待に違いないです」と、熊谷に同調する。

「鈴屋さん！　まだ身体を開けてもないのに、決めつけは良くないわよ」

教授は鈴屋を叱りながら外科手術用の手袋を嵌め、翔の腕と足を曲げるようにして触る。確かに、左の手足が右よりも短い気がする。

「――熊谷さんの言う通り、少し変形しているわね。左腕と左足が『く』の字に曲がっている。さて、解剖を始めましょうか。鈴屋さんには書記をお願いするわ。南雲くん、早くガウンを着て来て」

教授はそう言いながら女子更衣室に向かった。僕も慌てて更衣室に向かい、手早く使い捨てのガウンや帽子、N95マスクにフェイスシールドなどで完全防備をする。解剖室へ戻ると、教授は既に解剖台の傍らにいた。早すぎる。教授に着替えの速さで勝ったことがない。

改めて角田翔の全身に目をやる。手や足を触ってみた。

「全てが小さくて柔らかいし、皮膚が薄そうです。どうやってメスを入れたらいいのか……」

まだ始まっていないのにもかかわらず、最後までできるのか不安になった。「情けないわね！」と教授に一喝され、更に不安を煽《あお》られた。

「乳児よりも小さい嬰児《えいじ》も解剖の対象になることがあるんだよ。赤ちゃんの産み落とし事案は意外に多いから、いつか必ずその機会が来る。もしかしたら明日かもしれないし、覚悟して勉強しておきなさいよ。あ、そうだ。思い出した。さっき電話で出した宿題は分かった？」

「はい？　え？　何でしたっけ？」

「乳幼児の口腔内を診察する理由よ！」

緊張のせいですっかり忘れていた。秀世に教えてもらった知識を披露すると、教授は満足そうに頷いた。

「よろしい。ネグレクトの場合は口腔内が不衛生だし、暴力を受けている場合は上唇小帯が切れるなどの損傷がある。口腔内の状況で虐待を受けているか否かが分かる。だから歯科医に口腔内を診察してもらう必要があるのね。覚えておきなさいよ。――それでは、午後三時半。角田翔の司法解剖を始めます」

教授の一声で、その場にいた全員が遺体に黙祷《もくとう》を捧げる。

「最初に口腔内を視てくれない？」

教授が秀世に声を掛ける。それまで鈴屋の隣で座っていた秀世がゆっくりと解剖台へ近づいて来た。秀世はニトリル製の手袋を嵌め、遺体の口腔内を指で静かにまさぐりながらミラーで観察する。

「生後二ヶ月だべし、まだ歯の萌出は始まってねぇな。――口ん中は綺麗だな。炎症や傷はねえ」

「――そう。後で鑑定書をお願いね」

教授は安心したように頷く。

続けて教授は遺体の外表を隅々まで観察し、最後にうつ伏せにした。

「青痣《あおあざ》や新しい傷はないわ。問題は熊谷さんの言う通り、左の肘関節と左膝関節ね。後で開いてみましょう。――さて、南雲くん。背中から開くわよ。いい？」

「はい！」

「力みすぎよ。力を抜きなさい」

教授が背中の皮膚をT字に切開し、そこから二人で皮膚を捲《めく》っていく。成人の皮膚と違い、薄くて脂肪が多く切開しづらい。しかも乳児の身体は小さいので、時折教授と手がぶつかりそうになる。メスで自分の手どころか、他人の手を切ってしまったら大事だ。

広背筋や脊柱起立筋を剝離し、背中の肋骨を露出させる。棘上筋《きよくじようきん》と棘下筋も剝離して肩甲骨を露出させた。乳児の骨は柔らかく、メスですぐ切れてしまう。何度かメスで骨に傷を作ってしまい、その度に教授に注意された。

解剖前には興味津々で張り切った様子の鈴屋だったが、注意されたせいか、神妙な面持ちで教授の一言一言を漏らすことなくタイピングしている。

「背中には出血や骨折はない。古い骨折もなし。さて、今度は前を開くわよ」

教授は遺体を仰向《あおむ》けにし、鎖骨から恥骨までY字に切開する。

当然ながら前側の皮膚も薄い。横目で教授を窺《うかが》うと、素早くメスを動かしながらも僕の手元を睨《にら》んでいた。——怖い。

胸部正中の皮下脂肪と筋肉内に僅《わず》かな出血がある。心臓マッサージなど医療行為の痕跡だ。写真を撮影した後、胸の筋肉を剝離して肋骨を剪刀で切断しようとしたところで教授が、

「子供は胸腺があるから、肋骨を切る時は気をつけて」

と、遺体の胸鎖関節付近を指差した。乳児の胸腺を初めて見るので、思わず手を止めてしまう。胸腺は免疫系に関与する臓器で、年齢と共に萎縮し脂肪組織になるのだが、大人でも胸腺が発達している人がたまにいる。

静かに肋骨を取り去ると、淡桃色の胸腺が露出した。「やってみなさい」と教授に言われ、心膜に穴を開けないよう注意深く細型剪刀で胸腺を摘出する。教授が無言で頷いたので、どうやら合格らしい。

心膜を切開して心臓を露出させると、教授が急に唸《うな》り出した。

「どうしたんですか？」

「分からない？　心臓が肥大しているのよ」

言われてみれば大きい気がするが、乳児の心臓の正常な状態を見たことがないので曖昧に頷くしかなかった。

「私が心臓を摘出するから、南雲くんは腹腔内の臓器をお願い」

「分かりました！」と意気込んだものの、一人で任されるのは不安だ。乳児の腹腔内は脂肪が少なく臓器が見やすいのだが、全てが小さいのでやはりまごついてしまう。

そんな僕が心配になったのか、教授は僕の隣に張りつき「遅い！　臓器に余計な傷をつけない！」と叱咤《しった》する。

「肝臓をそんなに鷲摑《わしづか》みにしない！　柔らかいからすぐに裂ける！　肝臓の裏側にすぐ右副腎が見えるでしょ？　それじゃない！」

教授の手が遺体にかかっている。今にも自分でやってしまいそうな勢いだ。解剖台の向かい側では、熊谷が苦笑していた。冷や汗が背中をつたう。やっとのことで、肝臓と右副腎を摘出した。

肝臓を見た教授が「肝臓も腫大してるわね。何故《なぜ》だろう」と首を傾《かし》げる。

「腹をぶん殴られだり、蹴られだんだべが？」

熊谷が教授に尋ねると、教授は「ううん……」と、何か考え込んでいる。

その間に僕は他の臓器を取り出してゆく。脾臓《ひぞう》も成人と比べてだいぶ小さい。握り潰さないように気をつけながら摘出する。続いて左副腎を摘出し、腸管に取りかかる。腸管は細く、引っ張ると今にもちぎれそうだ。

腹腔内が空になる頃、

「南雲くん、腹腔内の臓器と頸部器官の摘出が終わったら、脳をお願い。電動鋸《のこ》はいらないから。剪刀で鋸断できる。大泉門が開いているし、脳は柔らかいから気をつけてよ。『揺さぶられっ子症候群』も疑わないと」

乳児の頭は大きく首の筋肉が未発達だ。加えて脳はまだ柔らかいため、抱き上げて揺すると脳や眼底に出血が生じ、重大な障害が引き起こされ、時には死亡することもある。

「乳児は眼底出血の有無が大事なの。本来なら、両眼を摘出しなければならない」

「えっ⁉　りょ、両眼をですか？」

病理標本作製のために、臓器の一部をホルマリンで保存するのは常だが、眼球の摘出は初めて聞いた。

「可哀想だと思ったでしょ。でもね、鑑定のためだから仕方のないことだよ」

両眼を摘出した後の眼窩《がんか》には、義眼を入れて遺体をお返しするらしい。

「今回も摘出するんですか？」

恐る恐る尋ねると、教授は首を横に振った。

「――脳の状態を見てからね。早く取り掛かって頂戴」

「わ、分かりました」

熊谷ら警察が僕の手元をじっと見つめてきたので、緊張して器具を取り落としてしまった。「ちょっと、何やってんの」と、教授が振り返る。

気を取り直し、頭皮を切開し注意深く捲ってゆくと、骨膜に包まれた頭蓋骨が露出した。続いて骨膜剥離子で骨膜を剥がすのだが、力を入れるとすぐ骨に傷がついてしまう。冷や汗をかきながらも慎重に進め、剥がし終わると鑑識係に写真撮影をお願いした。

いよいよ頭蓋骨を取り外しにかかる。隣に秀世が来て色々と教えてくれた。意外と知られていないが、歯科医は骨の専門家でもある。白骨鑑定の時も、秀世が呼び出される。

乳児の頭蓋骨は骨と骨とのつなぎ目に隙間が空いており、成長するにつれ、その隙間がなくなり頭蓋骨は硬くなる。つなぎ目は縫合と呼ばれる。大泉門は頭頂部よりやや前方にある骨と骨との隙間で、ひし形をしている。

前頭縫合や冠状縫合に剪刀の刃先を入れると簡単に切れる。大泉門を慎重に切開し、頭蓋骨を花弁のように開くと、柔らかい脳が露出した。成人の脳よりも白っぽい。教授は脳を覗き込み、

「出血はなさそうだね。脳を摘出したら、すぐにホルマリンに入れてよ。まあ、初めてにしては上手《うま》く開けられたんじゃない？」

「眼球はどうしますか？」

教授は少し考えた後で、

「——今回はやらなくていいわ」

と、再び切り出し台へと戻って行く。僕は思わず溜息をついた。

「安心している暇はないよ。次は左手足ね」

「は、はいっ！」

脳に触れると、すぐに崩れてしまいそうだ。指先に力を入れないようにして、注意深く脳を摘出し、ホルマリンの容器に静かに沈めた。

続いて、遺体の左肘と左膝の皮膚を切開し筋肉を観察するが出血はない。その後で骨を露出させたが、どちらも「く」の字に変形しているだけで骨折ではなかった。

「折れてねがったなぁ……。外傷がど思ったんだども」

そう言いながら、熊谷は腕組みをして首を傾げた。教授は頸部器官と肺を観察しながら、

「そうね。乳児の身体は柔らかいから、暴力を受けても骨折しない場合がある。ただ、この遺体は皮膚に痣もないし——」

「以前教授は『成人でも腹部は柔らかいから、蹴られても皮膚に痕が残らない場合もある』とおっしゃってましたよね？　赤ちゃんなら猶更《なおさら》では？　それを知ってて、わざとお腹を狙ったかもしれませんよ」

まだ虐待説を諦めていないのか、鈴屋がそう尋ねると教授は、

「確かにそうね。でも、皮膚に痕跡がなくても、腹腔内の臓器には何らかの損傷が発生するはず。この遺体には、それがないの。とすると、腫大した肝臓や肥大した心臓は……」

さすがの教授も今回は歯切れが悪いが「気管内は綺麗ね。ミルクの誤嚥ではなさそう」と、誤嚥窒息の可能性は否定した。

解剖終了時点で教授は「死亡推定時刻は深夜一時前後」「死因は不詳」と熊谷ら警察に説明した。警察も捜査方針に迷っていたが、やはり一家で三人が亡くなっていることから、疑惑は拭えないようだった。

「いつも以上に、綺麗に縫合しなさいよ」

「はい？」

「乳児を亡くした家族への配慮が必要だから。解剖後の遺体を抱っこする人もいれば、添い寝する人もいるのよ」

教授はそう言うと、熊谷と共に解剖室から出て行く。

残された僕は、遺体の縫合と清拭に取り掛かる。角田翔はあまりにも小さくて、まるで人形を縫っているかのようだ。鈴屋は由利本荘署の警察官と共に器具の洗浄や解剖室の掃除を手伝ってくれた。

角田翔を送り出したのは、午後六時。秀世は解剖を全部見届け、大曲に帰って行った。僕と教授はあらためて、仙台の学会会場へ向かうことになった。明日の早朝に出掛ければ良いのにと思ったが、ホテルにキャンセル料を支払いたくないという教授の判断だ。

土砂降りで、日が暮れたらますます寒くなった。こんな天気の中、出掛けるのは気が進まないものの教授命令とあらば仕方がない。

秋田駅まではバスで行くことになった。

混雑したバスに揺られながら、教授に角田翔の死因は見当がついているのか、小声で尋ねてみた。

「血液を外部の検査機関に出す。後は、病理標本を作って検鏡しなきゃね。死因？――まだ考えがまとまってないから、はっきりした答えは出せないわね……」

教授はそう言ったきり、秋田駅まで終始無言だった。

六月十六日（水）

角田翔の解剖から一週間が過ぎた。この間に秋田は梅雨入りし、晴れ間のないぐずついた天気が続き、毎日肌寒い。

この一週間、数件の司法解剖が入ったものの、秋田県内で大きな事件はなかった。

しかし、事態はとんでもない方向へ向かっていた。

昼前、ミーティングルームにノートパソコンを持ち込み、実験データをまとめていると、着信があった。秀世からだ。

「秀世先生、お疲れ様です。スマホに連絡してくるなんて珍しいですね。どうしたんですか？」

「今、どごさいだ？　院生部屋が？」

「いえ、ミーティングルームですけど」

「テレビ点《つ》けられるが？」

秀世の声は慌てていた。

「角田家の事件、デタラメ報道されでらんだ」

テレビの電源を入れると、すぐに見慣れた光景が視界に飛び込んで来た。秋田医科大病院の正面玄関前が映し出されている。若い女性のキャスターが早口で事件の様子をまくし立てていた。

「一家の遺体は、ここ秋田医科大の法医学教室で解剖されたとのことです」

キャスターはそう言い、法医学教室のある基礎医学研究棟を指差す。僕は思わず首を竦めてしまった。

マスコミは名前こそ伏せているものの、角田郁美を家族の保険金目当ての殺人犯と決めつけ、過去の夫と子供の死を蒸し返し、郁美の生い立ちやらを報道していた。

「実はよぉ。オラんどごさも取材が来たんだども、追い返してやったでぇ。何とやって調べだんだべな」

秀世の歯科医院に記者が直接訪れたり、電話取材の申し込みもあったらしい。

「――誰が、外部さ喋ってねぇが？」

「僕じゃないですよ！」

「いやいや。南雲先生を疑ってねぇよ」

おめぇも気をつけれよ、と秀世は電話を切った。

それなら一体誰が――。

教授に見つからないよう、すぐにテレビの電源を切った。

カップ麺にお湯を入れ院生部屋へ戻ると、鈴屋は何やら机に向かっていた。僕と同じく実験データをまとめている最中なのかもしれない。いつもと変わらない鈴屋の姿を見て少し安心したが、それも束の間だった。

麺を啜りながら日本神話の本に手を伸ばした時、教授がものすごい剣幕で院生部屋へ突入して来たのだ。あまりの勢いに、ドアの蝶番《ちょうつがい》が悲鳴を上げた。教授の眉間には皺が刻まれ、近年稀《まれ》に見る怒気を全身に孕《はら》んでいた。

つい噎せてしまい、慌てて椅子から立ち上がり姿勢を正したが、教授が向かったのは鈴屋の元だった。鈴屋も驚いてのけ反っている。

「鈴屋さん！　これは、どういうこと⁉」

教授は何かを机に叩きつけた。鈴屋の顔色が変わる。

それは、本日発売の週刊誌だった。

「あなた、角田翔の死因を虐待と決めつけて、週刊誌の記者に司法解剖の内容を喋ったでしょう！」

「ええっ！」

驚いた僕は、手に持っていたカップ麺を零《こぼ》しそうになった。教授にじろりと睨まれたので、静かに着席しつつ、二人の様子をチラチラと窺う。

恐る恐る週刊誌に手を伸ばし、付箋が貼られたページを開く。するとそこには、女性の写真が載っていた。顔にモザイクをかけられていたが、一目で鈴屋と分かった。

記事には「秋田県由利本荘市の主婦、恐るべき正体は家族全員を死に追いやった殺人鬼？　次男の司法解剖の全てを大学院生が証言！」「やはり子供は虐待死だった⁉」「夫も保険金目当てに殺害された可能性大！」などの衝撃的な見出しが躍る。

全文を読んだら眩暈《めまい》がした。

数日前、鈴屋は大学周囲を嗅ぎ回っていた週刊誌の記者に摑まり、そのまま駅前の喫茶店でインタビューを受け、司法解剖の内容を話してしまっていたのだ。まだ、血液や病理組織の鑑定結果が出ていないのに。

「解剖中に注意したでしょう。先入観を持ってはいけないって！　書記をやっていたのに何を見ていたの！　今日の教授会で吊るし上げられるわよ！　全く……」

「私は記者に、概要をお話ししただけです。まだ虐待とは分からないって……」

「だから！　司法解剖の内容を外部に漏らすのもダメなのよ！　守秘義務違反よ！」

「——だって……。記者に『虐待は許せない』『虐待をされている子供がどんなに多いか世間に分かってもらうために、ご協力ください』と言われたので、つい……」

「今回の件は『つい』で許されることじゃないのよ！」

こめかみに血管が浮いている。こんな剣幕の教授を見るのは初めてだ。自分が怒られている訳でもないのに、背中を丸めてしまった。

「我が子を虐待する親が、どうしても許せなくて……。虐待はどんなにいけないことかを、世間に主張したかったんです」

「だから！　その主張が『角田翔は虐待死だ』と拡大解釈されたんでしょうが。何度、同じことを言わせれば気が済むの！　あなたは大学院生で研究者なんだから、研究や論文発表でそれを世間に知らしめるべきでしょう！」

俯《うつむ》いていた鈴屋が、はっと顔を上げた。

「ゴシップ記者に正論を語っても、あっちのいいように取られるだけなのよ！」

いつもは強気な鈴屋だが、真っ青になり震えている。

「鈴屋さん。今から一週間の自宅謹慎。それと、ほとぼりが冷めるまで解剖見学は禁止。外部にペラペラ喋る人に許可できないわ」

教授は肩を怒らせながら、バタバタと院生部屋を出て行った。

台風が過ぎ去ったようだった。

教授が去ると、鈴屋は静かに泣き出した。焦った僕は、ティッシュの箱を鈴屋に差し出す。鈴屋は眼鏡を外すと、ティッシュを一枚取ってはなをかんだ。

「どうして、こんなことしたんだよ」

「——昔から、子供を虐待する母親や父親が許せなかったんです」

もしかしたら、鈴屋の過去に何かあったのではと思ったが、今訊くことではないと口をつぐんだ。

「虐待する人の気持ちが分からなくて……。虐待するぐらいなら、子供なんか作らなきゃいいのに。そう思ったら、角田翔くんの母親が許せなくなって……」

一旦泣き止んだと思ったら、また号泣し始めた。

「そんな時に取材されて……。黙っていようと思ってたけど、記者と話しているうちにまた怒りがぶり返して……。遺体の状況と、虐待の可能性もある、だとしたら許せないってそう言ったら……」

差し出したティッシュは全部使われてしまった。

「確かに、虐待はいけないことだし、鈴屋の怒りは正しいよ。ただ、正義をふりかざせば何をやっても許されるとは限らない。今回の件は正義の暴走だよ。まだ結論の出ていない司法解剖の内容は外部に漏らしてはいけない。守秘義務は守るべきだ」

「はい……」

いつもは僕を小馬鹿にした態度を取る癖に、今日はいたって神妙だ。どうやら反省しているようだ。

「とにかく、教授の鑑定結果を待とう」

鈴屋は静かに頷くと、身支度をし始めた。「ご迷惑をおかけしました。失礼します」と、院生部屋を出て行く。僕は戸口まで出ると、肩を落としながら遠ざかる鈴屋を黙って見送った。

午後一時を少し過ぎた頃、法医学教室の電話が鳴った。

相手は大学病院部の受付担当の女性で、困惑しきっていた。

聞けば、角田郁美と名乗る女が押し掛けて来ていて「法医解剖の執刀医に会わせてほしい」「翔の死因を知りたい」と、騒いでいるというのだ。

法医学教室へ遺族が押し掛けて来ることは今まで何度かあったものの、今回はマスコミも目を光らせているし、騒ぎになったら非常にまずい。胃が痛くなってきた。

一旦電話を切ると、慌てて教授室のドアをノックした。中から「どうぞ」という教授の不機嫌そうな声が聞こえて来たので恐る恐る入室する。教授は自分の机に頬杖をつき、こちらを睨んでいた。

「何？　忙しいんだけど。——鈴屋さんは帰ったの？」

「はい」

「で？　何の用？」

「あの、実は……」

事の次第を説明すると、教授は大きな溜息をついた。

「熊谷さんと由利本荘署の担当警察官に連絡するから、少し待ちなさい」

教授は卓上の受話器を取ると、双方へ連絡する。「由利本荘署の警察官が迎えに来てくれるって」と受話器を置いた。

「——追い返す訳にもいかないし、これ以上騒いだら更にマスコミが面白おかしく書きたてるだろうから、南雲くんが角田さんをここへ連れて来なさい」

教授は僕にそう命じると、引き出しから何やら大きな封筒を取り出し机に置いた。背中を冷や汗が伝う。

「ぼ、僕が、ですか？」

「そうよ。執刀医が行ったら更に大騒ぎになるでしょ」

「行って参ります……」

「背筋伸ばしなさいよ、だらしないわね。これからも、今回と似たようなことが起きるわよ。その都度、執刀医として対処しなくちゃいけないんだからね」

教授の忠告を背に受けながら教授室を出た。そのまま基礎医学研究棟を抜け、病院部へ向かう。受付が近づくにつれ、鼓動は速くなり足が震えてうまく歩けない。雨のせいか、廊下がどんよりと暗い。

視界が開け、明るくなった。病院部一階の受付ロビーに到着したのだ。片隅のソファに人だかりがあり、すぐに角田郁美の居場所が分かってしまった。人だかりはおそらく、受付職員や警備員だ。

周囲にマスコミの姿がないか確認し、恐る恐る近づいた。人だかりの隙間から覗くとそこには、項垂《うなだ》れた女性の姿があった。痩せこけ、目の下には濃いクマができている。

「角田さんですか？」と、声をかけると、その場にいた全員の視線が僕に集中した。受付職員の話によると、角田郁美は受付前でだいぶ暴れたが、ようやく落ち着いたという。彼女の長い髪はボサボサに乱れ、肩で息をしていた。職員らに事情を説明し、彼女を連れ出す。誰もが安堵《あんど》の表情で見送っていた。お悔やみの言葉を述べた後は何を話して良いか分からず、ずっと黙ったまま法医学教室へ向かった。郁美も終始無言だった。

法医学教室のミーティングルームで教授が待っていた。「教授室ではなく、ここで」と教授は僕に目配せして来た。郁美は戸口に立ち尽くしていたが、僕が「どうぞ」と案内するとやっと教授の向かい側に座った。

二人にコーヒーを淹れ、その場を去ろうとすると教授に引き留められた。

「執刀医の上杉です。彼も同席させて良いかしら？　角田翔さんの司法解剖に一緒に入った南雲先生です」

教授が僕を紹介すると、郁美は静かに頷き、僕の顔を見る。初めて目が合った。僕は、音を立てないようにして教授の隣に座った。

郁美の年齢は三十五歳と聞いていたが、六十代ではないかと疑うほど老け込んでいた。頬はこけ眼窩は落ち窪《くぼ》み、化粧っ気はない。水色のシャツとベージュのロングスカートは皺だらけで、その辺に放ってあった服をアイロンもかけずそのまま着て来たかのようだ。

　もしかしたら、セルフ・ネグレクトではないだろうか。

　セルフ・ネグレクトは家族の死や病気、失職など大きなショックによって生きる気力が失われ、自分のケアをしなくなることだ。

　家族全員に先立たれ、絶望と孤独が彼女を追い込んだのだろう。「このまま放っておいたら、彼女も死んでしまうのではないか」と誰もが思ってしまうほど、彼女にはまるで生気がなかった。

　教授を前にして緊張したのか、郁美は黙って俯いてしまった。自分の思いを簡単に言葉にできないのだろう。教授が「角田さん、私にお話があるんですね」と、聞いたことのない優しい口調で語りかけた。それを聞いて少し緊張がほぐれたのか、郁美が口を開いた。

「――お、お約束もなしに、と、突然伺ったのは申し訳ないと思っています。で、ですが、翔が亡《な》くなった理由を、ど、どうしても知りたくて」

　郁美は訛りを無理矢理直そうとしてか、ぎこちなくなっていた。

　教授は、分かりました、と頷く。

「司法解剖は警察からの依頼であり捜査の一環です。遺族からの直接の依頼ではありませんし、本来ならば執刀医は遺族と直接会うことはありません。死因の詳細は警察から説明されます。でも今回は特別に」

と、前置きし「角田翔さんの死因をお話しします」と机の上の封筒を引き寄せた。

さっき教授室で見かけたものだ。

「ところで、翔さんは痙攣《けいれん》を起こしたことはありましたか？」

郁美は首を傾げ、掠《かす》れた声で答える。

「――そう言えば、何度かありました。病院に連れて行きましたが、その都度どこも悪くないと帰されました」

「他に気になったことはありませんか？」

「そうですね……。首の据わりが遅い気がしました。上の子は生後二ヶ月ぐらいで首が据わったので、翔もそろそろと思っていましたが、ずっと頭がぐらぐらしていた気がします。『首の据わりには個人差があって、生後五ヶ月ぐらいまでは首の据わりがなくても大丈夫』と、産婦人科の先生はおっしゃってましたが……」

郁美は緊張が和らいだのか、少しずつ饒舌《じょうぜつ》になってきた。教授は何かを確信したように頷く。

「やはりそうですか。――角田翔さんの死因は、遺伝性の疾患です」

驚く僕と郁美を尻目に、教授は封筒から書類を取り出すと老眼鏡を掛けた。

「解剖中に遺伝性疾患を疑い、角田翔さんの血液を外部の検査会社へ送り、調べていただきました。これが、その結果です」

教授は郁美の前に書類を滑らせた。角田郁美は震える手で書類に手をやる。

「角田翔さんは指定難病の『ライソゾーム病』です。治療法はありますが、早期診断によって治療をおこなわないと死亡します。十万人から二十万人に一人の頻度で発症する、極めて珍しい病気です。翔さんは、病死です」

ライソゾーム病。医学生時代に講義で聞いた記憶があったものの、実際に症例に当たるのは初めてなので、静かに興奮を覚える。

教授は郁美に、ライソゾーム病とはどのような病気かを丁寧に説明し始めた。

人体は細胞の集まりで、細胞が正常な新陳代謝を営むことにより健康状態が保たれる。細胞の中にある「ライソゾーム」という器官には多くの分解酵素が存在し、体内の古くなったものを分解・廃棄・再利用している。この分解酵素の一つが先天的に欠損しているのがライソゾーム病である。ライソゾームの中に分解されない老廃物が蓄積し、加齢と共に病気が進行していく。常染色体潜性遺伝で、潜性の病気の遺伝子を持っている者同士が結婚して生まれる子供の四人に一人が病気になる。

角田翔の臓器が肥大や腫大し、左肘と左膝の関節が変形していたのもライソゾーム病によるものだった。教授は解剖の時点で気づいていたのだ。

郁美には虐待や殺害の意図などなく、過去の家族の死も含め、不幸の連鎖だったということが証明された。

教授の話を聞き終えると郁美は静かに泣き出した。

「——今までのことで、警察への不信感があり、解剖を拒否してしまいました」

郁美は、かつて家族を亡くした際に周囲から心無い言葉を浴びせられ「今回も同じ目に遭うに違いない」と怯えていたという。

「『家族が全員死んだのはおまえのせいだ』『おまえは死神だ』と警察にも周りにも疑われて、自分を責めていました。翔を解剖したところで、私のせいだと言われるに決まってる……。それなら解剖なんてしないで放っておいてほしいと思って……」

僕がティッシュの箱を差し出すと、郁美は恐縮しながら一枚取り、涙を拭った。

「本当は、ここに来るつもりなんてなかったんです。でも、隣近所や親戚、果ては友人からまでも責められているような気がして、いてもたってもいられなくて……」

郁美の力になってくれる者は、一人もいなかったのだろう。皆、嘘の報道を信じ込み、まるで潮が引くように彼女の周りから誰もいなくなった。

もし郁美が強い人間だったなら、弁護士をつけて記者会見でも開き「無実だ」「家族の誰一人殺していない」と主張することもできたかもしれない。だが彼女には、自己主張する場がなかった。それでも誰かに分かってほしくて、それが蓄積した結果、今日の騒ぎに発展したのだ。

「あなたのせいではありません。不運な事故と病気が重なった結果です。特に翔さんの死は避けられないものでした」

教授は郁美の目を見てきっぱりと言い切った。教授は続けて、静かに語りかける。

「あなたには家族を弔う義務があります。あなたがいなくなったら、誰がそれをできるのかしら」

「——はい……」

「人生において出会いと別れはワンセットなの。出会った者たちには、必ず別れが待っている。誰もがずっと一緒にはいられないんです。人間はいつか必ず死ぬ。だから、あなたまで死に急ぐ必要はないのよ。あなたのせいじゃない。——あなたには、家族が見られなかった未来を見てほしい」

教授の言葉に、郁美は号泣する。しばらくして、少し落ち着いたのか彼女は口を開いた。

「か、翔の小さな身体にメスを入れるなんて、亘みたいに痛い思いをさせるなんて到底許せないとも思っていました。でも……。今は解剖していただいて良かったと思っています。——ありがとうございました」

郁美は泣きながら何度も頭を下げた。その表情は憑《つ》き物が落ちたかのごとく、さっぱりしていた。そして、由利本荘署の警察官と共に法医学教室を後にした。

郁美を見送った僕はホッとして、そのままミーティングルームでコーヒーを淹れた。

「南雲くんのコーヒーは薄いのよねぇ」と、教授は文句を忘れない。

「これで、マスコミは静かになるのでしょうか？」

「明日、警察が発表するようだけど、マスコミの角田郁美に対する手のひら返しが始まるに違いないわね。今まで散々バッシングしたくせに、今度は悲劇のヒロインに仕立て上げるつもりなのよ」

と、鼻息荒くマスコミ批判を始めたが、少し覇気がない気がする。遺族と顔を合わせたからであろうか。

教授は冷めたコーヒーを一気に飲み干すと、席を立ち風のように去った。これから教授会があるのだ。そこへ入れ替わるようにして、秀世が姿を現した。

「秀世先生！　どうしたんですか？」

「ああ、ちょっとな……」

おそらく、郁美の一件が心配で大曲から出て来たのだろう。秀世の顔面はビショビショで、汗なのか雨のせいなのか分からない。ハンカチで顔を拭く秀世にコーヒーを差し出すと、喉が渇いていたのか一気に飲み干した。熱くないのだろうか。食道癌や胃癌の心配をしてしまう。

鈴屋が自宅謹慎になったこと、郁美が押し掛けて来たことなどをかいつまんで説明すると、秀世は時折「あやや！」「さい！」など相槌《あいづち》を打ちながら聞いていた。秀世も週刊誌の記事を読んでいた。

「やっぱり鈴屋さんだったが……。いつかはこうなるんでねえがど、思ってらったども」

秀世は、前から鈴屋の危うさを危惧していたらしい。

「起ごってしまったごどは仕方ねぇ。人の噂も七十五日だ。鈴屋さんも、今回のごどで反省したべおん」

鈴屋には後でメールしておこう。鈴屋も心配だが、教授の様子がおかしかったのも気がかりだ。

「なした？」

「教授の様子が変だったんですよねぇ。説明し難いんですけど、いつもと違う雰囲気で。元気がないというか、覇気がないというか……。そう言えば、角田翔の解剖の時も同じく感じました」

「やっぱりがぁ……」

「秀世先生は、何か知ってるんですか？」

僕が身を乗り出すと、秀世は「しまった」という表情をした。

「オラが喋ったって、永久子さ言うなよ」

「絶対に言いませんよ。僕、口が堅いんです」

「本当だがぁ？」

秀世は逡巡《しゆんじゆん》しながらも、静かに語り始めた。

「――オラはよぉ、永久子の二人目の夫だものな」

「えっ⁉　教授は離婚歴があるんですか？」

「いや、違う。――死に別れだ」

「え……？」

「最初の夫はな、自殺してよぉ……。その時に永久子は流産して、子供産めねぐなっちしまったのよな……」

僕が想像していた教授の過去とは全然違っていて、衝撃を受けた。言葉が出て来ない。

「自殺」という言葉が、これほど自分に重くのしかかって来るとは思わなかった。ふと、坊主頭の友人の笑顔が、浮かんでは消えた。

「なした？」

「い、いえ、別に……」

「んだがらよ、乳児や嬰児の解剖の時は、少ぉし様子がおがしぐなるんだな」

一瞬、室内が明るくなり、少しの後に雷鳴が轟《とどろ》いた。

秀世は窓の外に目をやり、

「永久子は、一生背負っていぐんだべな。――オラにはどうしようもねぇ」

と、悲しげに呟いた。

第四話　出会いと別れの庭

六月二十三日（水）

ガシャーン！　と大きな音がして、僕は一瞬だけ目を瞑《つぶ》った。

「──あーあ。やっちゃった……」

濡《ぬ》れたニトリル製の手袋が滑ってトレーに入った解剖器具を床へぶちまけてしまったのだ。ほとんどがステンレス製なので、壊れた物はなさそうだ。肋骨剪刀、骨膜剝離子、腸剪刀、T字ノミ──。

全てを拾い上げ、トレーに並べ終わったところで、大きな溜息《ためいき》をついた。

今日は解剖が入らず、昨日の後片づけをしていたのだが、どうにも身が入らない。秀世から、上杉教授の過去を聞いたからだろうか……。

解剖台に両手をつくと、再び溜息が出た。──今日は、もうダメだ。

壁掛け時計を見上げると、ちょうど午後五時。今は動物実験も一段落ついている。解剖室内の片づけが終わったら、目を通さなければいけない論文を持ち帰って、下宿で読もうか……。

その時、ドアが勢いよく開いて、予想外の人物が顔を覗《のぞ》かせた。

「あ、やっぱりここにいた。——南雲先生、ご無沙汰です」

「おおっ⁉」

思わず指差してしまったが、慌ててすぐに引っ込める。

姿を現したのは、修士一年の鈴屋玲奈だ。鈴屋は恥ずかしそうに眼鏡を直しながら僕の方へ近づいて来る。少し痩せただろうか。元々細面の頬が、少しこけたような気がする。

鈴屋は守秘義務違反を犯し、所属長である上杉教授から一週間の謹慎処分をくらっていた。

「今日から復帰か？ 良かったな。——あれから一週間経《た》つのか……。早いな」

そう呟《つぶや》くと鈴屋は頷《うなず》き、深々と頭を下げる。

「その節は、大変ご迷惑をおかけしました。また、よろしくお願いします」

「うむ、苦しゅうない」

ふざけて胸を張ると、鈴屋が笑った。元気そうで良かった。

「謹慎中はどうしてた？」

「ちゃんと勉強してましたよ」

「嘘つけ！　カップ麺やチョコレートばかり食べて、ゴロゴロしてたんじゃないのか」

「失礼ですね、本当ですよ！　──特に、子供の虐待について」

「そうか……」

僕は頷く。鈴屋の眼差《まなざ》しは透き通っていて、真剣だった。

「さっき、教授にも謝って来ました。明日から解剖に入っていいそうです」

「おお！　頼むぞ。それじゃあ早速、器具の準備を手伝ってもらおうか」

「はいはい。時間あるんで、付き合ってあげてもいいですよ」

鈴屋は腕まくりをすると、ニトリル製の手袋を嵌《は》めた。

「仕方がない」という態度を取りながらも、ここに来た時から既に白衣姿だった。おそらく、最初から解剖室の掃除か準備を手伝うつもりだったのだろう。良い心がけである。

「いいか、解剖は準備からが大事だぞ！　まず、解剖室は常に清潔を保つべし。そして器具と消耗品の確認」

「分かってますって」

鈴屋は笑いながら切り出し台へ回ると、解剖器具が入ったトレーを手元に引き寄せ、本数を確認する。

「私がいない間、何かありました?」

そう訊《き》かれ、ギクリとしてしまった。特に大きな出来事なんかなかったのに、教授の過去の話が頭をよぎったからだ。

「――い、いや、別に。ああ、そういや、鈴屋が購入希望を出していた試薬が届いたから、保管庫にしまっといた。後は、生協から電話があったな。注文してた本は品切れで、取り寄せに時間がかかるってさ」

「ふうん……」

鈴屋が横目で睨《にら》んできたので、さりげなく視線を逸《そ》らす。彼女はこういうことに、やたらと勘が働く。

「さっき、解剖室のドアを開ける前に大きな音がしたんで、大丈夫かなと思って」

「ああ。手が滑って、トレーを落っことしただけだよ」

「それなら別にいいですけど。――何だか、少し変だなと思って」

「そんなことないない。どう見たって元気だろ。ほら」

大袈裟にぶんぶんと両腕を振って見せたが、逆効果だったようだ。

「カラ元気というか、無理しているというか……。そんな風に見えますよ」

「………」

返答に詰まったその時、ドアが派手な音を立てて開き、僕と鈴屋は驚いて振り返った。

「ああ、いたいた。何よ、そんなに驚いた顔して。解剖の準備？　良い心がけじゃない」

姿を現したのは、上杉永久子教授だった。教授は「建て付けが悪くなったわね」と、何度もドアを開け閉めする。その度に蝶番《ちょうつがい》が悲鳴を上げた。

「明日、解剖が入ったの。司法解剖だから私が執刀する。南雲くんは補助で、鈴屋さんが書記ね。高齢女性が自宅の風呂場から発見された。浴槽内には水が張られてて、完全に溺没状態。遺体を浴槽から引き揚げた時、口や鼻から泡沫が出たらしい。居間から睡眠薬の空パケが多数見つかったから自殺疑いだけど、玄関の鍵が開いていたらしいの。外表の損傷は少ないみたいよ。現場は仙北市。田沢湖の近く。私は午後から大学を出なきゃいけないから、遺体の搬入時間をいつもより早めた。八時半だけど、二人とも大丈夫？」

教授は一気にまくし立て、僕は無言で頷いたが、鈴屋は久々の解剖で張り切っているらしく「分かりました！」と元気よく返事をしていた。

教授の顔を見ると秀世から聞いた話が蘇《よみがえ》ってしまい、目を合わせられない。教授にさりげなく背を向けた。

「ちょっと、聞いてるの？　南雲くん」

「き、聞いてますよ。搬入時間がいつもより早いんですよね。分かりました」

そう言って顔を上げた時、書記机の背後の壁に貼ってあるカレンダーが目に入った。

今日は二十三日――。

「あっ！　しまった」

思わず声を上げてしまった。

「どうしたのよ、南雲くん」

「すみません、ちょっと……。鈴屋、後はよろしく！」

嵌めていたニトリル製の手袋をゴミ箱に投げ捨てた。

「南雲先生！　どこ行くんですか⁉」

「南雲くん⁉」

二人の声を背に受け、解剖室を飛び出した。人気《ひとけ》のない渡り廊下から、紫陽花《あじさい》の鮮やかな青が一瞬だけ視界に入る。

院生部屋へ戻り、白衣をロッカーに突っ込んだ。リュックから財布を取り出すと急いで基礎医学研究棟を出る。外の空気は清々《すがすが》しく何度も深呼吸をした。

夜半までは土砂降りだったものの、朝方一気に晴れ上がった。梅雨特有の分厚い鉛色の雲が流れ、久々の快晴だった。夕方になった今でも茜色《あかねいろ》の空には雲一つない。緩やかな風が頬を撫《な》でて気持ちがいい。

秋田医科大学から徒歩数分の大通りに面した場所に、個人経営の小さな花屋がある。閉店時間直前でだいぶ品物は少なくなっていたけど、店先には、大きなタライに入れられた季節の花々が並んでいた。店主は恰幅の良い中年の女性で、毎月二十三日に姿を現す僕を覚えていてくれる。

「おや、いらっしゃい！　今日は、アガパンサス入ってらど」

店主が指差した先には、白、紫、青のアガパンサスが咲き誇っていた。

「綺麗《きれい》ですね。あ、デルフィニウムもある」

山に入るようになってから植物の名前を勉強するようになり、花屋で売られている花にも詳しくなってしまった。ここに並んでいる花々の名前は大体分かる。ぐるりと店内を見回し、白い花菖蒲《はなしょうぶ》に目が留まった。

天に向かって真っ直ぐに伸びるその様は、アイツの背中のようだ。

店主は僕が花を買いに来る理由を知っている。隣で「白菖蒲、いいんでねぇが」「喜ぶべ」と頷いた。

それを三本購入すると、秋田医科大病院の第二病棟へ向かった。茜色の空を数羽のカラスが鳴きながら飛び去って行く。

診察や面会時間が終わって静かな廊下を抜け、中庭へ出た。狭い中庭には、小さな枝垂《しだ》れ桜や紅葉《もみじ》、躑躅《つつじ》が植えられていて、一周するように花壇もある。

しかし、いつも誰もいない。ベンチがあるにもかかわらず、ここに誰かいた例しがないのだ。頭上からまた、カラスの鳴き声が降って来た。お供え物にありつけるとでも思ったのだろうか。残念ながら食べ物は持っていない。

小さな紅葉の木の下に屈《かが》んで白菖蒲を供えると、手を合わせた。

「――香西《こうざい》、また来たよ。まだ六月だから菊はなかったけどさ。今日は梅雨の中休みみたいで、良く晴れたよ」

ここは、僕の親友だった香西順一郎《じゅんいちろう》が投身自殺した現場だ。

二十三日は香西の月命日で、僕は毎月欠かさず季節の花を供えてきた。

立ち上がり、八階建ての病棟を見上げる。香西はこの屋上から飛び降りた。

見上げたまま、しばらく動けなかった。いつもここへ来ると、香西はどんな気持ちで飛び降りたのだろうかと考えてしまう。

思えば、僕が法医学を志したのも香西の死がきっかけだった。

その時、背後に人の気配がした。振り返ると、教授がバツの悪そうな表情で立ち尽くしている。教授のそんな表情は初めて見た。

「教授、どうしてここに⁉」

「見かけたから、後を尾《つ》けて来ちゃったのよ。何かあったのかと思って――ごめん」

と、教授は頭を下げる。自分を心配していてくれたことが素直に嬉《うれ》しく、何だか照れ臭かった。

教授は白菖蒲を指差す。

「ここで亡くなった友達の供養？　彼の命日は秋よね。もしかして、毎月ここへ来てたの？」

僕は頷く。

「覚えていてくれたんですか？」

「当然よ。私が検案したんだから。――香西くん、だっけ？　あれから何年経つのかしら」

教授は屋上を仰ぎ、つられて見上げてしまった。緩やかな風が頰を撫でる。

「もうすぐ五年になります」

「そうなの……。早いものね。医学生が一人卒業しちゃう年月じゃない」

教授は屋上を見上げたまま、しばらく沈黙する。僕は教授の横顔を見つめながら、ここで教授と邂逅した日のことを思い出していた。

「そう言えば、南雲くんと初めて話したのも、ここだったわね」

「僕も今、同じことを考えていました」

香西が亡くならなければ、更には教授に出会わなければ、僕は法医学を志すことはなかっただろう。

教授は木製のベンチに「よっこらしょ」と腰掛けた。

「香西くん、丸坊主だったから講義の時に一人だけ目立ってて、覚えやすかったのよね。高校球児みたいでさ。大学生になったら普通、オシャレに目覚めて髪型に気を遣うじゃない」

「アイツ『丸坊主が一番楽だ』って、髪を伸ばすのを嫌がってたんですよ。でも『冬は寒い』って言ってました」

教授は「そりゃそうでしょ」と吹き出した。

丸坊主の話で香西との思い出が一気に蘇ってきた。彼のことを誰かに話すのは久しぶりだ。涙が堪《こら》えきれなくなった。両手で拭っても、とめどなく溢《あふ》れて来る。同時に、泣くのはいつぶりだろうか、と冷静に考える自分もいた。

「ねえ、香西くんのこと、聞かせてくれない？　私は、講義の時の彼しか知らないのよね」

「――長くなりますよ」

泣き笑いで答えた。

再び緩やかな風が吹き、白菖蒲の花弁が風に揺れた。

僕は、香西との出会いから別れを教授に語り始めた。

四月初めの秋田はこんなに寒いのか。

東京の桜はもう満開というニュースを見たが、基礎医学研究棟の玄関脇に生えている桜の蕾《つぼみ》はまだ固く閉ざされている。空は分厚い雲に覆われて今にも雨が降り出しそうだ。降るならさっさと降ればいいのに。盛大に溜息をつく。

都落ち。

秋田医科大学に入学が決まった時から、その言葉が頭から離れない。

昨日の入学式の後に配布された、新入生オリエンテーション資料の地図を見ながら彷徨《さまよ》うこと数分、人の流れを見つけてやっと臨床医学研究棟に辿《たど》り着いた。

広い階段状の講義室はまだ午前中だというのに薄暗い。学籍番号順かと思いきや意外にも席は自由に選べ、前から三分の一ほどは既に埋まっていた。

一番後ろに行こうかと、座席の間を進んで行ったその時、僕の足元に一本のシャープペンシルが転がって来た。「おっと」と声を上げて何とか避けると、それを拾った。紺色の塗装は所々剝げ、やけに使い古されている。

「悪ぃ。それ、オラんだ」

声の主へ顔を向けると、坊主頭の野球少年のような学生が人懐こい笑みを浮かべ、両手で拝むような仕草をしていた。僕は「どうぞ」と手渡す。

「どうもな。不器用で、よぐ落どすんだ」

野球少年は嬉しそうにシャープペンシルを受け取ると、自らの隣を指差す。

「こご、空いでらよ」

「──じゃあ……」

吸い寄せられるように彼の隣に座った。彼はニコニコと笑顔を崩さない。不安げな僕とは大違いだ。

「おめぇ、秋田の奴じゃねぇべ？　何となく雰囲気で分がるで」

「東京です」

「敬語やめれでぇ」

と、思い切り背中を叩《たた》かれた。痛かったが、こんなノリは嫌いじゃない。

「オラ、香西順一郎。よろしく」

香西は右手を差し出した。握手を求められているのだと気づくのに、少し時間がかかった。

「僕は、南雲瞬平。──よろしく」

おずおずと右手を差し出すと、香西は僕の手を力強く握った。温かく、骨ばった大きな手だった。

昼休み、生協で食事を摂《と》りながらお互いの自己紹介をした。

香西は、山形県との県境に近い湯沢《ゆざわ》市小野《おの》の出身だという。

「小野は小野小町の生誕地なんだで」

「ふぅん」

歴史や古文が苦手な僕でも、その名は知っている。

「んだがらよぉ、母さんも妹も美人だおの」

と、薄い胸を張る。思わず吹き出してしまった。

「妹、紹介してやってもいいど」

「初対面の人間に、自分の妹を紹介するなよ。危ないだろうが」

「いや、オラは人を見る目があるがら、南雲くんは大丈夫だ」

香西は再び胸を張った。僕は笑い「面白いヤツ」と興味を持った。

実家は食用菊農家だという香西は相当の苦労人だった。彼が通っていた高校から初の医学部入学者が出たと持て囃《はや》され、地元では英雄扱いだと人づてに聞いた。香西はそれを鼻にかける風もなく飄々《ひょうひょう》としていた。

秋田訛りが強く最初は聞き取りに苦労したが、秋田弁は彼や大家のばあちゃんから教わり、徐々に分かるようになった。

「三流医大」「Fラン医大」と揶揄《やゆ》されている秋田医科大学だが、だからと言って学力の低い人間が多い訳ではなかった。僕は勉強について行くのがやっとで、留年しないよう毎年必死だった。それは香西も同じで、僕らの成績は中の下か下の上といったところで、どんぐりの背比べだった。

高校まで成績トップだった香西は初めて挫折を味わったようだが、その辛《つら》さを微塵《みじん》も見せることなく、毎日明るく過ごしていた。「いい医者になりたい」「故郷に貢献したい」というのが香西の口癖だった。秋田はどこへ行っても医師不足が叫ばれている。医師になった香西が故郷へ帰ったら、大歓迎されるだろう。

半ば故郷を捨てた自分から見れば、香西の志は羨《うらや》ましかった。東京なんて人で溢れているから、医師になった僕が帰っても帰らなくても、何も変わらない。家族からの連絡は、一年次修了時点で早くも途絶えていた。父親の嫌味と、母親の金切り声が聞こえないだけで、せいせいする。

それでも、学費や生活費だけは途切れず振り込んでくれていたのはありがたい。おかげでバイトをしなくても何とかなったが、仕送りだけで生活するのは癪《しゃく》に障った。パン屋でバイトを始め、仕送りには手をつけないようにした。親から早く独立したい、その一心だった。

ゴールデンウィークも東京に帰らず、家族の話を全くしない僕を香西はいたく心配し、自分の家族の話もしなくなった。僕は自らの身の上を語るのは好きではないが、人の話を聞くのは嫌いじゃない。「だから、遠慮することはない」と香西に伝えると、彼は一重の細い目を見開き輝かせた。

香西は入学式の次の日からもうバイトを探していた。「実家に迷惑をかけたくない」と、大学近くの書店と新聞配達のバイトを掛け持ちしていた。文房具やノートも、使い古された物ばかりだった。

こうして僕らは、どうにかこうにか留年の憂き目に遭わず、五年次まで進級できた。五年次の梅雨明け直前、秋田県内を巡る旅に誘われた。香西が案内してくれるという。

田舎暮らしが性に合っていたのか、僕が秋田の魅力に取り憑《つ》かれ、休日には方々を巡っていたのを、香西は知っていたのだ。

「オラん家さ来い。小野小町関連の史跡がじっぱりあるど。小町が産湯を使った井戸のある桐木田《きりきだ》城跡もあるし、オラが通ってらった中学校の近ぐさは、磨崖《まがい》もあるんだで」

「まがい？」

「切り立った岸壁さ彫られだ仏像や文字のごどだ。小野小町だけでねぇ、おもしぇどご、じっぱりあるど」

「へぇ。行ってみたいな」

歴史や史跡の類にそこまで興味はなかったものの、香西があまりにも楽しそうに話すものだから寄ってみたくなったのだ。

「母さんと妹、紹介するで」

「まだ言ってるよ」

夏休みに入った途端、県外出身の同期生たちはそそくさと実家へ帰って行った。休暇中に秋田に残りたいと言う者は誰もいなかった。皆、口々に「遊ぶ所がない」と言う。果たしてそうだろうか。「ない」のではなく、見つけようとしないだけではないか。

二人で旅行計画を練り、大きめのワゴン車を借りた。旅程は三泊四日で、田沢湖から角館、大曲と横手を巡って最後に香西の地元である湯沢を目指すことにした。金が勿体《もったい》ないのでホテルには泊まらず、安いキャンプ道具を揃えて車中泊と決め込んだ。僕と香西は食事にこだわりがなく、旅行中の食事は菓子パンやインスタント麺を用意した。

秋田の竿燈《かんとう》まつりは六日までなので、それまでは交通渋滞が激しいと予想し、八月七日に出発し、十日に帰って来ることに決めた。

目に沁《し》みるような空の青と山の緑。車窓からの清々しい風に吹かれながら、この景色を一生忘れないだろうと思った。それは香西も同じだったようで「秋田に生まれて良かった」と大袈裟なことを言い、目を輝かせていた。

初めて見た田沢湖は海かと思うぐらい広かったし、濃緑の木々に包まれた角館の武家屋敷は荘厳でカッコよかった。大曲や横手は田んぼしかない田舎かと思っていたが、住宅が多く、意外に都会だなと思った。花火とかまくら以外に何もない土地だなどと思っていたが、僕が知らないだけで、良い所がたくさんあるに違いない――。とにかく、花火とかまくらには、必ず来ようと香西と約束した。

香西は不器用な質《たち》で、ペットボトルの水をぶちまけたり、片手鍋のラーメンをひっくり返したりした。彼はその度に、眉を八の字にして頭を掻《か》いた。

「オラ、昔っから、そそっかしいがらよぉ。ごめんしてけれ」

「前からそうだと思ってた」

二人で笑う。

その時ふと、香西のスニーカーに目が行った。履き古された黄色のスニーカーは、香西のトレードマークで、どこにいてもすぐ彼だと分かった。

「ボロボロじゃないか。買い換えないのか？」

「大学の入学祝いで、じっちゃが買ってけだんだ。――捨てられねぇ」

香西の祖父は、その後まもなく亡くなったらしい。

「それに、買う金ねぇしな」

と、香西はおどけたが、物を長く大事に使うのは香西の良い所だ。それを褒めると香西は照れながら「やめれでぇ」と僕の肩を叩く。その勢いで僕は折りたたみ椅子から転げ落ちてしまった。香西は平謝りだったが、僕は尻餅をつきながら笑った。

何が起きても楽しかった。

旅程三日目の昼過ぎ、香西の実家に到着した。

広い敷地の中に、香西家の母屋と小屋二棟が建っていた。いかにも農家といった鄙《ひな》びた風情だ。母屋の背後には山が迫り、ミンミンゼミがやかましい。

香西家の広い庭を挟んだ隣には広大な菊畑が拡がっていた。食用菊だけではなく、トマトやキュウリなどの夏野菜や米も作っているらしい。

真っ黒に日焼けした父親の勝順《かつより》と、対照的に色白で目のぱっちりした母親の桜子《さくらこ》が僕らを笑顔で出迎えてくれた。こうしてみると香西は、顔の輪郭と鼻、肌の色は父親似、目元と口元は母親に似ている。

香西は両親の背後を気にしているようだった。

「どうした？」

「若菜《わかな》――ああ、妹がいねぇなど思って。若菜はよ？　どさいだ？」

香西が両親にそう尋ねると、桜子は二階を指差す。

「さっきまで居間さいだんだどもな。おめぇのごど、ずっと待ってらんだで。しょしがら、わの部屋さいるんでねぇが。東京がら、イケメンの友達来たがらよぉ。な？南雲さん」

　桜子は笑いながらそう言い、僕の背中を叩いた。とても気さくな母親だ。勝順も白い歯を見せて豪快に笑った。自慢の息子の帰省が余程嬉しいのだろう。微笑《ほほえ》ましく見守った。

「まんず、立ち話もなんだがら、家さ入ってねまれ」

と、勝順は僕の荷物を持ち玄関へと誘《いざな》う。秋田弁で「ねまれ」とは「座れ」という意味だ。既に香西からレクチャーを受けていたから、すんなり理解できた。

　香西家は昔ながらの農家で、家屋は古いがとにかく広い。気密性の高いマンションで育った僕にしてみれば、開放感溢れる、いい家だった。

「昼食は済ませて来た」と伝えていたにもかかわらず、居間の座卓の上には、おにぎりやら漬物やらスイカやらが所狭しと並べられていた。香西は「お客さんが来る時は、いっつもだ」と誇らしげに言う。東京の自宅では、茶を出してせいぜいだった気がする。「秋田県人は見栄っ張りだがらよぉ」と、桜子は更に、茹《ゆ》でたとうもろこしを運んで来た。

「んだんだ」と勝順も団扇《うちわ》で自分を扇ぎながら頷く。

「きみ、け」と香西は僕に一本のとうもろこしを手渡した。秋田県人は「食べろ」を「け」と言う。「食え」が更に短くなったものと思われる。「きみ」は「とうもろこし」の意味だ。

とうもろこしの匂いを嗅いだ途端、また腹が減ってきたのでありがたくかぶりついた。甘い上に、味が濃くて驚いた。座卓に並んでいる食べ物は皆、香西家で育てて収穫したものだという。さすが、採れたてだけある。

満腹になった後、腹ごなしに香西と二人で近所を散策した。

香西家は最寄りの横堀《よこぼり》駅から田園風景を抜けて岩館橋《いわだてばし》を渡った山の中にあり、駅までは徒歩で約三十分かかる。その岩館橋から眺めた雄物川《おものがわ》は、水面がキラキラして眩《まぶ》しかった。橋を渡って横堀駅方向へ向かうと、国道十三号線沿いはどこを向いても小野小町の看板だらけだ。香西が故郷を自慢に語るのも頷ける。

小野小町を祀《まつ》る「小町堂」は紅白の色鮮やかな左右対称のお堂で、遠目から見たら平等院鳳凰堂に似ている気がした。

小野小町は、十代の頃は京の都で宮中に仕えていたが、故郷恋しさに三十代半ばでこの地に舞い戻り、九十二歳で亡くなるまで暮らしたという。喧騒の都を離れ、最終的に隠遁《いんとん》生活を選んだ小野小町にいたく共感してしまった。香西には「まだ若ぇのに！」とゲラゲラ笑われた。

ここでアクシデントが起きた。香西が駐車場の車止めに躓《つまず》いて転び、右膝を擦りむいたのだ。でこぼこの路面で深く抉《えぐ》ったのか、出血が酷《ひど》い。香西を近くのベンチに座らせ、自販機で買って来た水を彼の膝にかけて砂や血液を洗い流した。香西は「ひゃっけ！」と奇声を発した。どうやら「冷たい」という意味らしい。

香西はハンカチを持っておらず、僕のタオルで傷口を巻いてやったが、とても痛そうだ。

「おい、疲れてるんじゃないの？　ここまできたら、そそっかしいのも困りもんだぞ」

「大したごどねぇってば」

「消毒したほうがいいぞ。――なぁ、帰ろう」

「だども、まだ案内しでぇどごあるで」

「また来ればいいよ。な？」

「……んだな」

香西は渋々承知し、ゆっくりとベンチから立ち上がった。

あからさまに肩を落とす香西が不憫《ふびん》で、何とか元気づけられないものかと考えた。

コンビニの前を通った時、はたと閃《ひらめ》く。

「香西、コンビニ寄っていい？」

「なした？　食い物なら、家さじっぱりあるで」

「違うよ。なぁ、おまえん家で、花火やっていいか？　庭、広かったよな」

香西の表情が一気に明るくなる。

「おお！　昔は、よくやってらったよ。若菜が花火好きでよぉ。飯食った後、一緒にやるべやるべ！　水へるバケツどさあるっけが？　小屋がな？」

「僕も、しばらくやってない」

香西は怪我《けが》をしているにもかかわらず、真っ先にコンビニへ駆け込んだ。まるで子供のようで、思わず笑ってしまう。

二人で花火を選び、帰路に就く頃には空は茜色に染まっていた。鼻先を悠々とトンボが飛んでゆく。黄色と黒の縞々模様は、オニヤンマだろうか。香西の家には、しょっちゅう迷い込んで来るらしい。都会では貴重なカブトムシやクワガタも、裏山で採り放題だという。羨ましい話だが、実際に採集して売り捌《さば》こうとは思わない。生物はやはり個体にあった環境で生きていて欲しい。それは人間も同じだ。

再び岩館橋を渡り、途中で一緒に沈みゆく夕日を眺める。今までの人生で一番綺麗《きれい》な夕日だと思ったのは、大袈裟ではないはずだ。実際に香西も少し涙ぐんでいたし、からかったりできなかった。

香西家に帰ってから、居間で香西の怪我の具合を伝えると、桜子が木製の救急箱を持ってすっ飛んで来た。午後からの農作業を終えて帰宅した勝順は、汗まみれの顔で「大袈裟だでぇ」「いい年して、何やってらんだ」と笑うが、少し心配そうだ。

香西は、僕に見られているのが恥ずかしいのか、手当てをしようとした母親の手を撥《は》ね除《の》け、自分で素早く傷口を消毒すると絆創膏を貼る。傷口の出血は既に収まっていて、かさぶたになりかけていた。

香西は勢いよく立ち上がると、救急箱を桜子に押しつけた。

「南雲、オラの部屋さ行くど！　あべ！」

と、飴色の階段を駆け上がって行くので、慌てて後を追った。

階段を上り切った先は同じく飴色に光る長い廊下で、右手が香西の部屋、左手が妹の若菜の部屋だという。香西の部屋の手前にもう一つ引き戸があったが、ここは物置らしい。

香西の部屋に入ろうとした時、向かい側の襖《ふすま》がガラリと開いて、鈴をつけた大きな三毛猫と女の子が出て来た。色白で肩までの髪をおさげに結っている。目が合うと頬が真っ赤になった。片や三毛猫は逃げるように素早く階段を下りて行く。

香西に「妹の若菜だ」と紹介される。「初めまして、南雲です」と頭を下げると、再び頬を赤く染め、ちょこんとお辞儀した。

「なんだ、小菊《こぎく》はこさいだのが。道理でいねぇど思った。なした？　便所が？」

「女の子さ向かって失礼でねぇが。違いますぅ！」

若菜は腕を組み、頬を膨らませる。小菊とは三毛猫の名前らしい。

「小菊のブラッシングでもしてやってけれよ」

「言われねくても、分がってら！」

若菜は僕に向かって「ごゆっくり」と会釈すると、小菊を追って階段を下りて行った。

「高校生？」

「んだ。二年生」

若菜は小学校教師を目指し、受験勉強を頑張っているらしい。書道部に在籍していて、段の腕前だという。

「若菜、めんこいべ。彼氏いねぇみでぇだ。おめぇ、どうよ？」

「だから、身内を安売りするなよ」

二人で笑いながら香西の部屋へ入る。爽やかな風が流れて来た。主のいない部屋の空気が澱《よど》まないように、雨や雪の日以外は毎日、若菜が窓を開け閉めしているという。香西が嬉しそうに語った。

香西の部屋は八畳一間で、本棚が多い分狭く感じた。窓際右手には学習机が置かれ、その向かい側にはパイプベッド。布団は敷かれたままだった。入り口正面には押し入れの襖。ふざけて開けようとしたら、香西が血相を変えて止めるので笑ってしまった。

「寝る前に、トランプでもやるがな」

「久々に実家に帰って来てトランプかよ！　花火するんじゃなかったのか」

「花火の後、まだまだ時間あるべ。──あれぇ？　ここさへだど思ったんだけどな」

と、香西は机の抽斗《ひきだし》を漁《あさ》り始めた。彼がトランプを探している間、本棚に目を遣《や》る。殆《ほとん》どが日本や海外のミステリー小説だった。この類を読まない僕は感心してしまう。

「すごいな、おまえ。こんなの読むのか」

「今は全然読まねぐなったども、昔は好ぎで読んでらったなぁ。殆ど、古本だどもな。南雲は何を読んでらった？」

「僕はもっぱら神話だよ。今はマヤ神話にハマってる」

本棚から窓の外に目を遣る。広い菊畑を見渡せた。黄色の海に夕闇が迫っている。この景色を当たり前に育ったのかと思うと、香西が羨ましい。

「今は黄色だげだども、季節が進めば紫や白、橙色《だいだいいろ》の菊も咲ぐど」

「へぇ……。ここから眺めてみたいなぁ」

色とりどりの菊畑は、どんなに美しいだろうと想像しながら、香西の机を振り向いて驚いた。机の周囲の壁には、元素の周期表のポスターが何枚も貼られていたのだ。

「何で、こんなにあるんだよ！」

よく見ると、机の上には周期表のグッズがたくさん置かれていた。下敷きやペンケースなどの文房具だけでなく、マグカップに置き時計まである。かなりのマニアぶりに、驚きを通り越して呆《あき》れてしまった。

「おまえ、周期表マニアだったのか……」

「中学生の頃からハマってよぉ。高校の頃は、周期表同好会作ったでぇ。元素記号だけで、手紙のやり取りしたごどもある。暗号なんか作ってよぉ」

香西は恥ずかしそうに笑う。

「元素記号のどこが面白いんだよ」

「メンデレーエフが周期表の元を作ったんだで！　周期表の縦並びは『族』っつうんだども、同族元素は性質が似てでよぉ。似でるのは何でがっつうと、最外殻電子の数が同じだがらで――」

「詳し過ぎるだろ！　何を言ってるか、全然分かんねーよ」

「おかげで、高校の化学はいつも満点だったど」

「すごいじゃないか！　僕は赤点ギリギリだった」

化学が大嫌いだった僕は、当時の授業や散々だったテストの様子を思い出し、気分が重くなった。

「化学は得意だったのに、医学の勉強は簡単にいがねぇな……」

と、香西は溜息をつく。彼の今の成績は、下から数えた方が早い。大きな挫折を味わっている最中、実家に戻って来て過去の栄光を思い出し、憂いに拍車がかかったようだ。香西の広い背中が、いつもより小さく見える。

「こんな時に落ち込むなよ！　これから頑張れば大丈夫だって。まあ、僕も似たような成績だし、偉そうなことは言えないけどさ」

肩を強く叩き励ます。香西は小さく笑い、頷いた。

結局、トランプは見つからず、ちょうど階下から夕餉《ゆうげ》のいい匂いが漂って来た。二人同時に腹が鳴り、顔を見合わせ笑う。時計を見ると午後六時を回っていた。

「おめぇだ、まんまできだど」

桜子が満面の笑みで、部屋の入り口から顔を覗かせる。

「もう夕飯の時間？　早くないですか？」

そう桜子に問うと、

「ウチは昔っからこんた時間だ。農家は早寝早起きだがらよぉ。みんな九時前には寝るど。若菜は夜中まで起ぎでで、音楽聴いだりテレビ見だりしてるどもな」

宵っ張りの自分には信じられない。生活サイクルが全く違うのに驚いた。

「香西も、九時には寝ていたのか？」

「おお。朝の方が勉強はかどるがらよぉ、四時には起きで登校まで勉強してらったなぁ。んだども、今は――」

そう言いかけて、香西は取り繕うように笑った。母親に情けないところを見せたくなかったのだろう。愚痴を言いかけてやめたのだ。

「さ、まんま食うべ！　南雲も、下さ行くど」

香西は真っ先に部屋を飛び出して行った。桜子に促されて、僕も階下に向かう。

居間の座卓には勝順と若菜、香西が座っていた。香西が僕を手招きする。僕は香西の隣に通された。勝順は香西の向かい側、桜子は僕の向かい側に座り、若菜は座卓の角を挟んで桜子と僕の隣の席だ。小菊は縁側で寝そべりながら、こちらの様子をちらちらと窺《うかが》っていた。いつも夕食の時は、座卓の近くにいるらしい。見知らぬ人間がいるから近寄れないのだろう。

香西家の夕飯は昼飯以上に豪勢だった。湯沢菊のフルコースだ。

おひたしに味噌汁、天ぷら、巻き寿司――。全部、桜子の手作りだという。

香西の箸が全然進んでいない。久しぶりの母の味だろうに、どこか具合でも悪いのだろうか。声を掛けると、香西は静かに笑って頷いたが、その拍子に箸を畳に落としてしまった。「まんず、ほんじなしだな。新しい箸持って来るがら」と、桜子は甲斐甲斐しく香西の箸を拾い上げると、台所へ行って新しい箸を持って来た。久しぶりに息子の世話ができて嬉しいのか、桜子の笑みが絶えない。

「ほんじなし」もしくは「ほじなし」は、秋田弁で言うところの「バカ」「間抜け」

「だらしのない」などの総称らしい。

　勝順はビールで顔を真っ赤にしながら、

「南雲さん、心配ねぇ。コイツ昔から少食でよぉ。そのせいで、ガリガリだべ。若菜の方が、まんず、いっぺぇ食うな。高校さ入ってがら、肥えたんでねぇが？」

「お父、余計なごど言うな！」

　若菜は、巻き寿司を頬張りながら顔を真っ赤にする。確かに、若菜の食べっぷりは見ていて気持ちが良い。最初は僕に遠慮していたのか小鳥のように啄《ついば》んでいたが、途中から段々と豪快になってきた。桜子の手料理が美味《うま》いからだろう。僕もつられて箸が進んだ。

「南雲さん。湯沢菊ってのはよぉ――」

「ほれ、まだ始まった！　お父は酔っ払うと、湯沢菊の話が止まらねぐなるんだよ」

　桜子は、やれやれといった表情で台所からコップ一杯の水を持って来て勝順に「飲み過ぎだど」と手渡す。勝順は一気に飲み干した。

　夕食後、庭ですぐに花火を始めたが、勝順はその前に酔い潰れ、若菜が肩を貸して寝室まで運んで行った。いつものことだ、と香西は笑う。

「お父、いっつもすぐに酔い潰れるがらよぉ、あまり一緒に花火したごどねぇんだ。今夜は一緒にやれるべな、ど思ったけど、ダメだったな。――南雲が来て嬉しがったんだべ。いつもより飲んでらっけもの」

父親の背中を見送る香西はどことなく寂しそうだった。慰めの言葉が見つからず、ヘビ花火に火を点《つ》けた。黒く伸びる花火を見て、香西は笑い転げた。戻って来た若菜が「兄ちゃん、昔っからヘビ花火好ぎだったもんな」と、一緒になって笑った。

小菊は花火の音に驚き、座敷の奥へ引っ込んでしまった。

「何年ぶりだべな。ここで花火やるの。——蚊、へっぺいるがら、刺されねぇように な」

と、桜子が切ったスイカと冷たい麦茶を運んで来た。

「小学生以来だがら、十年ぶりぐらいでねぇが？　な、若菜」

「んだんだ」

香西兄妹は、嬉々として次々と手持ちの花火に火を点けていった。そのせいで、もうもうと煙が立ち込め、目に沁《し》みた。全員で噎《む》せる。この焦げたようなツンとする独特な煙の匂いは、嫌いじゃない。

ゆるゆると吹く夜風がロウソクの火を揺らすが、消えそうで消えない。

彼方から歓声が聞こえ、顔を上げると橙色の光が見えた。

「ああ、堀内《ほりうち》さん家だべ。あっちでも花火やってらんでねぇが。おもしぇそうだな。よし、こっちも負げねぇべ！」

香西は一番太い花火を選んだが、なかなか点火しない。「湿気ってらんでねぇが？」と、香西が覗き込もうとした時、黄色の火花がまるでススキのように一気に噴き出した。

「おおっ！　スゲぇ！」

香西はそれを手にしたまま、新体操のリボン演技のごとく花火を振り回し始める。

「兄ちゃん、危ねぇで！」

と、若菜が叱るも、満面の笑みだ。

僕も笑いながら、細くて短い花火に火を点ける。青や緑、紫の火花が弾《はじ》けた。珍しい色の花火に、若菜が目を輝かせる。

「何それ！　オラも同じのやる！」

「兄ちゃんさも、頂戴」

香西兄妹は、二本の花火を仲良く分けると、寒色の火花に歓声を上げる。

色とりどりの花が、闇夜に咲いては消えていった。

買って来た花火はあっという間に底を尽き、線香花火が最後に残った。

若菜は子供の頃、線香花火の持ち手のひらひらした方に火を点けていたらしい。当然ながらすぐ消えてしまい、湿気ていると思って捨てたそうだ。香西がゲラゲラ笑いながら暴露した。若菜は頬を膨らませる。

「だってよぉ。火ぃ点ける方は、そっちだど思ったんだもん」

「確かに似ているな。これなら、僕も間違うよ」

と、僕がフォローすると、若菜は嬉しそうに「だべ?」「ほらな」と香西に胸を張った。香西は「あっそ」と、若菜には見向きもせず線香花火に火を点ける。僕と若菜も後に続いた。

「――線香花火って、菊の花みでぇだなって、ずうっと思ってらったんだ……」

香西は名残惜しげに呟いた。線香花火は咲き乱れた後、残像を残してぽとりと地面に落ちた。辺りは静寂に包まれる。

「私も」と若菜は花火の持ち手をバケツの水に放り込んだ。ロウソクの火を消すと、何だか夏が終わった気がして、しんみりしてしまった。

ふと夜空を見上げると、満天の星が瞬いている。僕は驚いた。東京では、こんな星空を見たことがない。

「――東京じゃあ、建物じっぱりあって、夜まで明るいもんな。オラだの所は、いっつもこんなんだで。冬なんか、もっと綺麗だで。空気澄んでるがら、夏よりはっきり見えるど」

香西も一緒に空を見上げる。「あれが、夏の大三角。あっちのひと際輝いでるのが、さそり座の一等星でアンタレスでねぇが?」と説明してくれた。

「おまえ、星座も詳しいな」

「勉強の合間に、夜空を見上げるのが好ぎだったんだ」

香西の隣では、若菜も空を見上げていた。

「ほれ、おめぇだぢ。花火終わったんなら、風呂さ入れ。南雲さん、お先にどうぞ」

桜子が僕らを呼びに来た。桜子の足元には小菊が纏《まつ》わりついている。花火が終わったのに気づき、座敷の奥から出て来たのだろう。撫でようと縁側から上がると、小菊は再び座敷の奥へ駆けて行ってしまった。座敷の隣の部屋からは、勝順の高いびきが聞こえる。

三人の楽しそうな笑い声を背に受け、香西家の風呂場に向かう。

驚くことに、香西家の浴槽は檜《ひのき》だ。檜の風呂に入るのは初めてなので、良い香りに一人ではしゃいでしまった。数日ぶりに湯船に浸《つ》かり、手足を伸ばす。窓の外からは虫の声。極楽とはこのことか。

いい気分で風呂から戻ると、広い座敷に布団が二組並べられていた。修学旅行みたいで、何だかワクワクした。僕と入れ違いに風呂へ行った香西が戻って来た。「枕投げでもするか」と言うより先に、顔面に枕が飛んで来た。

蚊遣り豚からゆるゆると煙が立ち上り、障子の外は真っ暗闇で何の明かりも見えない。静か過ぎて耳がザワザワする。たまに吹き込む夜風が涼しく、扇風機だけが回っている。こんな風に過ごす田舎の夜はとても新鮮で、なかなか寝つけなかった。

「──まだ起ぎでらが？」

「ああ……」

「何だが、興奮して眠れねぇな」

「僕も」

「この三日間、おもしぇがったなぁ……」

香西は噛み締めるように呟いた。旅の終わりを感じているのだ。

「香西のおかげで、秋田が更に好きになったよ。実家に招待してくれてありがとう」

「なぁに、言ってらんだよ……」

香西は照れているようだった。

「南雲。おめぇ、何科さ進むが決めだが？」

旅の終わりの余韻に浸っていたが、現実に引き戻された。

「こんな時に、そんな話を持ち出すなよ」

「──こんた時だがらこそ、聞きでぇんだ」

香西の声が硬くなったのが分かった。真剣なのだ。

「全然決まってないよ。研修中に決めようかと思ってる」

「──実家、継がねぇのが？」

横になったまま、首を横に振る。

「いや。東京に戻るつもりはないよ。このまま、秋田県内の病院に就職しようと思ってる」

「んだのが……。オラ、正直、おめぇのごど羨ましがったんだ」

「えっ！　どこが？」

「家族全員、医者だべ。東京生まれだし――金あるし」

「そんなの、全然恵まれてないよ。お金があっても、いいことなんかなかった。都会は人が多過ぎて息が詰まる」

「悪ぃ……」

「僕は、逆におまえが羨ましいけどな。こんな環境で育ってさ。空気は綺麗だし、水や食べ物は美味いし――」

　結局、お互いにないものねだりだと気づき、笑い合った。

「オラ、長男だがらよぉ、菊農家を継がねばねぇんでねえがど思ってらったども、成績いがったがら、父さんも母さんも応援してけでよ。私立医大の学費はこでぇ掛かるのに、オラさそのごど、一つも言わねぇんだ。今のオラは落ちこぼれだがら追試も多いし、へっぺ迷惑掛けでら……」

　私立大学の追試験は数千円の受験料が必要だ。ちなみに秋田医科大の追試験料は三千円である。もっと高い大学や、逆に安いところもあるらしい。

それにしても、香西の両親が羨ましい。僕の両親とは大違いだ。やっとのことで秋田医科大に合格した時は、祝いの言葉もなく「せめて授業料の安い国立大の医学部に受かって欲しかった」と、軽蔑の眼差しを寄越した。学費のことでは何度も文句を言われた。

二人の兄の後ろ姿が浮かんで消えた。しばらく会っていないので、もう顔もあやふやだ。二人とも、国内で最難関の国立大学医学部へあっさりと合格し、模試でいつもE判定だった僕は、肩身が狭かった。現在、二人は卒業した大学の付属病院に勤務しているらしい。長兄は心臓外科、次兄は脳神経外科に進んだという。

大学受験の最中、自分がどうして医学部を目指したのか分からなくなっていた。両親からは「医者以外の職業は認めない」とプレッシャーをかけられ「一家全員医者だから、自分も医者にならなければ」との強迫観念があったのも事実だ。

高校三年間で、他にやりたいことを見つけておけば良かったと後悔した。

「——香西は、どこの科に行きたいんだ？」

「オラは外科さ行ぎでぇ。脳神経外科だ」

「すごいじゃないか！」

思わず起き上がってしまった。香西は再び照れたように、

「希望なら誰でも言えるべよ」

香西の祖父母は二人とも脳卒中で亡くなったらしい。それ以来、脳神経外科医を志すことに決めたという。

「秋田県は脳卒中の患者多いがらよぉ。食事の味つけ濃いし、酒っこもよく飲むがらな。これだば、血圧上がるべよ」

確かに桜子の手料理は美味かったが、やはり少し塩気が強かった。

「秋田市内で研修が終われば、湯沢市内の病院さ勤めでぇな……。恩返ししでぇんだ。でもオラ、手先が不器用だがら、無理がもしんねぇ」

確かに脳の手術となると、顕微鏡下で器具を操らなければならないほど細かい。

「そんなこと言うなよ。医師になった香西がここに戻って来たら、みんな喜ぶだろうなぁ」

「――んだな……」

何故か香西は、必死に顔を拭っている。

「もしかしておまえ、泣いているのか？」

「んだ訳ねぇべ！　顔さ蚊止まったんだで」

「それならいいけど」

「………」

「香西？」

香西の安らかな寝息が聞こえてきた。寝つきの良さが羨ましく、思わず笑ってしまう。虫の声と香西の寝息を聞きながら、僕も目を閉じた。

車中泊のせいで筋肉痛になっていたが、ふかふかの布団のおかげでぐっすり眠れた。

翌日も眩しいぐらいの晴天で、蟬の鳴き声で目が覚めた。

香西も同じだったようで、寝起きでも清々しい表情をしている。

暑くならない午前中に二人で秋田市へ帰ろうと事前に決めていたが、香西は菊畑をじっと見つめたまま動かない。

「香西。僕一人で秋田へ帰って車返すよ。おまえは、もうちょっとゆっくりして行けば？」

香西は、ぶんぶんと力強く首を横に振った。

「いいや。秋田さ帰って、勉強しねばねぇがら」

「ここでもできるじゃないか」

「教科書やら、勉強道具を持って来てねぇもの。もし残るにしても、下宿まで取りに帰らねばねぇ」

「そっか……」

旅の終わりだ。

朝食の後、僕らは秋田市へ向けて、すぐに出発することにした。

勝順、桜子、若菜が玄関先まで見送りに来てくれた。桜子が「車ん中で食え」と、おにぎりやら漬物やらお菓子やらがたくさん入った紙袋を香西に押しつけている。小菊は縁側をウロウロし、こちらの様子を窺っていた。とうとう一回も撫でさせてもらえなかった。

「楽しい時間っつうのは、あっという間だ……」

ステアリングを握る僕の横で、香西が肩を落として呟く。

車窓の外では、香西家の皆が笑顔で手を振っていた。礼を言ってからワゴンを発進させると、三人の姿は小さくなってゆく。「まだ来てな！」「気をつけで行けよ！」と、皆口々に叫んでいた。香西は窓から身を乗り出して、三人が見えなくなるまで手を振った。

ここから秋田市内までは、約二時間ほどのドライブだ。前方に入道雲が待ち構えている。あの空の下は一雨あるかもしれない。

「ホントに楽しかったな。また来てもいいか？」

そう問うと、香西は今にも泣きそうな表情で頷いた。

香西の様子がおかしくなったのは、旅行から約二ヶ月経過した初秋。臨床実習が始まった直後だった。

僕と香西は臨床実習のグループが分かれてしまい、平日に顔を合わせることが殆どなくなった。たまに廊下ですれ違ってこちらから声を掛けても、香西は軽く手を上げるだけで、目を合わせなくなった。

香西は飄々としながらも人見知りが強く、患者や指導医師とのコミュニケーションがうまく取れないようだった。そう言えば、友人らしい友人は僕ぐらいしか思い当たらない。僕も人のことは言えないが、それでも他の同級生とつるんで飲みに行くことぐらいはあった。しかし、香西の人づきあいは狭かった。頼まれ事を断れないタイプで、それにつけ込んだヤツらから、いつも面倒事を押しつけられていた。

香西の成績は年を追うごとに降下していたが、ついには最下位となってしまったようだ。本人からではなく、他のヤツらが噂しているのを小耳に挟んだ。香西は臨床実習へ臨むための試験もギリギリだったらしい。

僕の成績は、毎度変わらず中の下。成績の伸び悩みを気にする香西を「自分も同じ」「家族思いの香西は、絶対にいい医師になれる」と励まして来たが、ここ最近は声をかけるのも躊躇《ためら》われていた。

秋が深まると共に香西の姿を見かけなくなり、メールを送っても返信が来なくなった。

秋田市内の紅葉が終わりを迎えた十一月二十三日。

勤労感謝の日で大学は休みだ。晴れてはいたがやたらと寒く、下宿の狭い部屋の炬《こ》燵《たつ》でマヤ神話の本を読んだりゴロゴロしたりしていた。秋の日は釣瓶《つるべ》落としという。窓の外が薄暗くなって来ると、何だか急に尻の据わりが悪く、落ち着かなくなった。本を手に取っては本棚に戻し、勉強しようと炬燵で教科書とノートを広げるも、集中できない。

なんだか胸騒ぎがする。

僕は何かに背を押されるように下宿を飛び出し大学へ向かった。冷たい風が頬を切り、何度もはなをすする。東京では信じられないが、大学までは誰ともすれ違わなかった。日の落ちた田舎道を行き交う人はいない。

医学図書館に入ろうとしたが、今日は休館日だったのを忘れていた。館内は暗く、玄関ドアは固く閉ざされている。香西はよく図書館で勉強をしていた。香西がいるのではと期待していたが、無駄足だった。

香西と初めて出会った臨床医学研究棟へ足が向き、白衣姿の数人とすれ違い、少し安心した。当然ながら、講義室は鍵が掛かっていて中には入れなかった。香西のシャープペンシルを拾ったのが、つい最近のように思い出された。

静かな大学構内や病院部をあてもなく彷徨い歩き、知り合いがいないかと期待したが、こんな日に限って誰とも会わない。少し疲れて病院部の待合室に辿り着き、ぽつんと一人座っていた。暖房の切れた待合室はうすら寒く、足元から寒気が這《は》い上がって来た。受付の機器類にはカバーが掛けられ、医療事務員の姿もない。自動販売機の稼働音だけが虚《むな》しく響いている。

いつもならここは患者で溢れているのに、今は僕一人——。

言いようのない寂しさがこみ上げ、香西は何をしているのかとぼんやり考えた。そうだ、久しぶりに彼に電話をかけようと、スマホを取り出した時、数名の病院スタッフが慌ただしく通りかかった。

「第二病棟の外で、人が倒れているらしい」「スタッフコールだってよ!」と、僕のすぐ脇をバタバタと駆け抜けて行った。全身に緊張が走り、鳩尾《みぞおち》が締めつけられ、鼓動が早くなる。集団の後を追い掛けた。額に冷や汗が滲《にじ》んで、何度も手で拭った。

長い廊下を抜けた先、第二病棟の中庭に人だかりができていた。立ち止まった僕は、いつの間にか犬のように口で呼吸していた。

野次馬の入院患者やスタッフコールで集まった白衣姿の人々が騒然としている。病棟の窓にも、現場を覗き込む人々が集まっていた。

「すみません、通してください!」

人々の隙間を縫って集団の最前列に出ると、地面に倒れている人物が視界に入る。

その人物の足には、見慣れた黄色のスニーカー……。

僕は大きく目を見開いた。

足先から身体《からだ》、頭まで素早く視線を走らせる。頭部は血塗《ちまみ》れだが、丸坊主だと分かった。

「こ……」

それ以上は声が出なかった。

花壇脇のコンクリートに、白衣姿の香西が倒れていたのだ。

地面に散らばっているのは、真っ赤な紅葉の葉かと思ったが、全て香西の血液だった。

――香西⁉　おまえ……！

呆然《ぼうぜん》とその場に立ち尽くす。血の気が引いて、指先が震えた。

「皆さん、下がってけれ！」

駆けつけた警察の叫び声で我に返った。

規制線が張られ、警察官数名に野次馬ごと押し戻されてしまった。

「関係者以外、立ち入り禁止だど。規制線の外さ出でけれ！」

「違……っ。ぼ……、で……っ」

「僕の友人です」と言おうとしたが、歯の根が合わず、うまく喋《しゃべ》れない。

その時、警察官らの陰から一人の人物が姿を現した。

「もしかしてあなた、本屍の知り合い？」

白衣姿で、グレイッシュヘアの上品な女性。ただ眼光は鋭く、その佇《たたず》まいに圧倒されれ、思わず背筋を伸ばしてしまった。この女性は確か――。

「ほ、法医学教室の、う、上杉永久子教授、で、ですよね？」

「そうだけど。ここの学生？」

「――ご、五年の南雲瞬平です」

「南雲くん。遺体の身元が分かるのね？　お顔、確認できる？」

唇を噛みながら頷いた。

「上杉先生！　待ってけれで！」

「飛び降りの仏さんを、学生さんにそのまま見せるのは、ちょっと……！」

と、警察官らが口々に反対したが、教授は「いいから、南雲くんに見せてあげなさい」と、香西の方へ僕の背中を押した。

「あなたたちだって、遺体の身元が早く判明した方がいいでしょ？」

「………」

教授の鶴の一声で、警察官らは黙ってしまった。

いくつものライトで照らし出された血痕はより鮮明に見えた。飛び散った血痕を踏まないよう遺体に近づき、恐る恐る顔を覗き込む。

見間違いであって欲しいと願ったが、遺体は紛れもなく香西だった。

香西は安らかな顔で亡くなっていたが、後頭部からの出血が酷かった。顔が綺麗だったのがせめてもの救いだ。

遺体に涙を落としてはならないと、泣きそうになるのを必死に堪える。

「友人の、香西……順一郎くんに、間違いありません……」

やっとのことで、上杉教授にそう伝えた途端、一気に涙腺が崩壊し、涙が溢れて止まらなくなった。友人と証言したことで警察官が騒然とし、僕の周囲を取り囲んだ。

香西の生年月日や住所を聞かれたので、僕はスマートフォンを取り出し、分かる限りの情報を答えた。

「五年生の香西順一郎くんね。身元が判明して良かったわ。白衣の胸に名札もなく、身元を示す情報が一切なかったの。既に死後硬直が出ていたから、病院部の高度救急センターへの搬送が見送られ、私が呼ばれたのよ。――死亡確認は、私がしたわ」

救急センターや他の病院スタッフが上杉教授に目礼し、次々と引き上げて行った。野次馬の数も少なくなっている。現場は広くブルーシートで覆われ、周囲の視線から守られた。

「死後硬直……」

「五年生なら、法医学の講義は終わっているから分かるわよね。硬直は死後どれぐらいから発現する?」

急に口頭試問が始まって面食らった。法医学の講義は昨年の初夏に終わっている。しかし、頭の中は真っ白で、習った内容は全く思い出せない。

「………」

「硬直は、死後約二時間経過したら発現する。よって、香西くんは亡くなって二時間以上経過している。けど、明らかにもう少し時間は経過していそうね」

その間、香西は誰にも気づかれることなく、ここに倒れていたのか。

「――誰が、香西を発見したんですか?」

「三十分ぐらい前に、病棟三階の入院患者が中庭を覗いて、外灯に浮かび上がった香西くんを発見し、ナースステーションに駆け込んだのよ。花壇や草木で死角になるから、一階の廊下を歩いていても誰も気づかない。それに、今日は休日で人通りが少ない。それで、発見が遅れたみたいね」

スマートフォンで時刻を確認すると、ちょうど午後五時。

もし転落直後に救急搬送されていたら、香西は助かっていただろうか。もっと早く大学へ来るべきだったと、今日一日の自らの行動を振り返り、歯を食いしばる。

「事故でしょうか。それとも、自殺……？」

殺人ではないと勝手に決めていた。香西が誰かに殺されるはずがない。自殺であって欲しくもなかった。

「それは、これから警察が調べる。──はい」

涙が止まらない僕に、上杉教授はクリップボードとボールペンを差し出してきた。

「これから、ここで検案するから、書記をやってくれないかしら。休日だからスタッフがいなくて困ってんのよ。──できる？　無理なら、もう帰ったほうがいいわね」

上杉教授の申し出にひどく驚いたが、はずみでクリップボードを受け取ってしまった。警察官らも動揺を隠せない。初老の男が「それなら、自分が」と名乗り出た。腕には「検視官」という腕章を巻いている。確か、現場を視て司法解剖の必要性を決める立場の人じゃなかったか。法医学の講義で習った覚えがある。

「患者を診るのも医師だけど、亡くなった人に死因をつけて送ってやるのも医師しかできない仕事なのよ。──どう？」

「………」

僕がこの場を離れたら、香西は一人になってしまう。そんなのは絶対に嫌だ。せめてこの僕が、湯沢の家族に代わって香西の最期を全て見届けてやりたい。

それに、上杉教授の言葉が何より響いた。

亡くなった人に死因をつけて送ってやるのは、医師しかできない――。

「――やります。やらせてください」

「そう……。漢字が分からなかったら、ひらがなで書いて頂戴。それでは、検案を始めましょう」

上杉教授の一声で、現場にはLEDライトが照らされた。検案は現場鑑識と同時に始まるようで、香西の遺体は倒れていた場所から少し離れた建物側へ移された。

警察官らが香西を静かにブルーシートに仰向《あおむ》けで寝かせ、衣服を全部脱がせた。白衣や下着にもぐっしょりと血液が染み込んでいる。警察官らの作業服の背中には「秋田東署」の文字が書いてあった。

「おや、これ、何だすべ？」

白衣のポケットを確認していた警察官が声を上げた。胸ポケットから、折り畳まれた黄色い紙が出て来たのだ。折り紙のようにも見える。警察官は紙を開いた途端、眉《み》間《けん》に皺《しわ》を寄せる。

「あやや。何を書いでるが分がらねぇな。く、クレアチニン……？」

「どれ」

と、上杉教授が折り紙を覗き込む。

「検査項目のようね。何かのメモじゃないかしら？　臨床実習中だったらしいから」

「せば、ご遺族に渡すんす」

警察官は折り紙を丁寧にビニール袋へ入れた。

僕は恐る恐る香西に視線を移す。香西とは何度も一緒に銭湯へ行き、お互いの裸は見慣れていたが、以前よりもだいぶ痩せた気がする。手足なんか細くて、枯れ木のようだ。

「南雲くん、どうしたの？　何か気づいた？」

「いえ……。香西、痩せたなぁと思っ……て」

香西は食が細かったとはいえ、痩せ過ぎだ。

「そうね。まるで高齢者のような体つきだわ」

「香西は運動が苦手で、どちらかというとインドア派でしたから……」

上杉教授は香西の傍らに跪《ひざまず》くと、白衣のポケットから数珠を出して手を合わせる。

周囲の警察官も僕も、それに倣った。

「本屍の名前は香西順一郎、年齢は……？」

「誕生日がまだ来ていないので、二十二歳です」

「了解。身長は……百七十センチメートル。体重は不詳。直腸温は二十四度。皮色は蒼白。硬直は、顎が中等度で手足が弱度。警察の皆さん、ちょっと遺体の背中を見せてくれる？　死斑は——右側臥位だったから、身体の右側に弱く発現しているわね。

色は赤紫色。指圧により消褪する」

時折、涙で文字が見えなくなる。手も震えて、ろくな文字が書けない。何とか上杉教授の口述についていくしかなかった。

「次、頭部と顔面――。頭髪は〇・五センチメートルの黒色毛髪。白髪はなし」

香西の右側頭部から後頭部にかけては粉砕に近く、一部脳が露出していた。意外にも冷静に観察できている自分に驚く。

「頭から落ちたのね……」

上杉教授はブルーシートから顔を出し、病棟を見上げる。

「第二病棟は八階建て。高さは二十四メートルってとこかしら」

建造物一階当たりの高さは、約三メートルらしい。

「屋上に鑑識が行ってらんし。ゲソ痕が出ればいいんだども」

検視官は、香西のスニーカーに目をやった。

「南雲くん、続けるわよ。眼瞼《がんけん》、眼球結膜に溢血点は認められない。角膜の混濁は軽度。瞳孔径は左右とも〇・四センチメートル。次は頸部と胸腹部、外陰部ね。次は左右の上肢、下肢の順番だから。それが終わったら背面」

「はい」

香西の右腕や肋骨、骨盤にも骨折がありそうだった。

検案が下肢までに及んだ時、教授の視線が香西の右膝で止まった。

「右膝に拇指頭面大の白色瘢痕。古傷のようね」

「あ……。もしかしたら……」

一瞬だけ乾いた夏の匂いがした気がして、香西との楽しかった旅行の思い出が蘇った。やっと止まった涙が再び溢れる。

「──す、すみません……」

「この白色瘢痕ができた経緯を知っているのね？」

「はい……。香西は転んだんです」

「何かに躓いたの？」

「その時は、たしか……駐車場の車止めでした」

「──なるほど」

上杉教授は香西の両足に視線を落とす。

「両足に古傷が多いわね」

上杉教授の言う通り、香西の両足には右膝だけでなく、かさぶたや瘢痕化した傷がいくつもあった。

「香西はそそっかしくて、何もないところで転ぶこともありました」

「ふうん……」

上杉教授は何かを考え込んでいるようだったが、すぐに警察へ次の指示を出し、香西の遺体を伏臥位にさせた。香西の背中は比較的綺麗で損傷が少なかった。法医学領域では、傷のことを「損傷」と言うことも、やっとのことで思い出した。

「――午後七時三十分。検案終了。お疲れさま、南雲くん」

上杉教授がこちらに片手を差し出したので、おずおずとクリップボードを渡した。教授は、僕が書き込んだ検案用紙をペラペラと捲《めく》りながら、何度も頷いた。

「難しい漢字、全部書けているじゃない。あなた、法医学の成績良かったでしょ？何となく覚えてるわ」

「はい……」

確かに、法医学のテストだけは満点に近かった。得意だとか好きだという感覚は一切なく、内容がすんなりと頭に入ったのだ。上杉教授の講義が面白かったからだろうか。

そう言えば、香西も「法医学の講義が楽しかった」と珍しく目を輝かせていたっけ。「臨床がやざねぇば、法医学さ行くべ」と軽口を叩いていた。

香西の遺体にはグレーシートが掛けられた。

「香西は、司法解剖になるんですか？」

上杉教授にそう問うと、教授は検視官に目配せする。検視官が代わって答えてくれた。

「まんず、これがら下宿先や大学のロッカーの捜索をして、遺書を探すんす。遺書が見つからねぇば、上杉教授に司法解剖をお願いするんしな」

「香西は、今日の何時頃に亡くなったのか分かりますか？」

「角膜の混濁具合と死後硬直、直腸温から推定して早朝ね」

教授は立ち上がり、周囲を見回す。

「もっと早く見つかっても良さそうだと思ったけど、この花壇と樹木の配置だと見つかり難《にく》いわね」

香西の転落直後に誰かがすぐ気づいていてくれれば、と自分を棚に上げて他人を呪ってしまう。

もし自殺だったとしたら、今朝早くに目覚めて死ぬことを思い立ったのだろうか。早寝早起きを自慢していた香西らしい。

僕はずっと、香西の遺体の傍らに立ち尽くしていた。人見知りの強い香西を一人にしたくなかった。

上杉教授と検視官、警察官らが何かを話し合っている。会話の内容は全く分からないが、数分後に上杉教授がこちらへ歩み寄って来た。

「香西くんの亡骸《なきがら》は、法医学教室へ移されることになったわ。通常なら、所轄の秋田東署の霊安室へ搬送するのだけど」

「僕も付き添っていいですか？」

上杉教授は腕時計に目をやり、何か言いたげだったが「いいわよ」と頷き、再び検視官の元へ戻ってしまった。

ブルーシートが外され、暖気が逃げて行った。鼻先が冷たい。ジャンパー一枚で来てしまったのを後悔した。上杉教授は辛子色の薄手のシャツに白衣姿だが、寒くないのだろうか。ライトが消された中庭は闇に包まれ、病棟や廊下の薄暗い灯《あか》りに頼るしかない。

香西の遺体はエンゼルバッグに包まれ、秋田東署のストレッチャーに載せられた。香西は警察官二人だけで軽々と持ち上げられた。

「法医学教室はこっちよ」

と、上杉教授が先導する。警察官数人がストレッチャーについた。

僕は許可をもらい、ストレッチャーの後方を押す。押しながら、エンゼルバッグの上から香西の足を何度も擦《さす》った。

廊下では皆が無言で、他の誰ともすれ違わなかった。

法医学教室へ近づくにつれ、廊下の両脇にスチール製のロッカーや山積みのダンボール箱が増え、ストレッチャーを通すのに苦労した。

基礎医学研究棟の一階には初めて訪れたので、思わずキョロキョロしてしまった。休日だし遅い時間ということで人気《ひとけ》はなく、どの部屋も真っ暗だ。

「秋田医科大学法医学教室」という木製看板の前で暫《しば》し立ち止まる。「法医学」というイメージで、もっと陰気な場所かと思っていたが、そうでもない。他の研究室と何ら変わらなかった。

気づくと香西を載せたストレッチャーは先に進んでいる。慌てて後を追った。

法医学教室の隣にすぐ法医解剖室があるのかと思っていたら、そうではなかった。屋根と柱だけの渡り廊下に出ると再び冷気が首を撫でた。でこぼこしたコンクリート製の廊下は枯れた落ち葉が舞い込んでいた。ストレッチャーの車輪が通るとガサガサと音を立てて、香西の身体が揺れた。

渡り廊下を過ぎ、狭い廊下を抜けると、そこが法医解剖室だった。

うっすらとホルマリンの臭気が漂う。

「東署の皆さん、遺体用の冷蔵庫はこちらよ。――南雲くんはここまでね」

法医解剖室の手前の部屋に、遺体用の冷蔵庫があるらしい。司法解剖が決まるまで、香西は冷たい冷蔵庫で保存される――。寒くはないだろうかと、複雑な心境だ。

ストレッチャーから手を放したくはなかったが、香西の亡骸を見送った。

「南雲くん、法医学教室で待っていて。私も、今行く。ミーティングルームの鍵開いてるから」

上杉教授の言葉に頷き、後ろ髪を引かれながらも、元来た廊下を戻った。

法医学教室のミーティングルームは真っ暗で、手探りで電灯のスイッチを探す。明かりが点くとホッとした。大きなテーブルの周囲に椅子がいくつか置いてあり、どこに座っていいのか分からなかったので、とりあえず一番手前に腰掛けた。

「お待たせ。――寒いわね」

上杉教授がすぐに姿を現し、エアコンを点けコーヒーを淹《い》れてくれた。しかし、僕は飲む気になれず、マグカップから立ち上る湯気をぼんやり眺めていた。

「――香西くん、自殺だと仮定して、白衣を着たまま飛び降りたってことは、最後まで医者になりたかったんだろうね」

唐突な上杉教授の言葉に、再び涙がこみ上げて来た。香西がどんなに医者になりたかったかを僕は知っている。

「香西が解剖されるかどうか決まるまで、ここで待たせてもらっていいですか？」

上杉教授はコーヒーを一口啜《すす》った後で、

「別にいいけど、何時になるか分からないわよ」

僕は無言で頷いた。

「そう……。分かったわ。私は自分の部屋にいるから」

上杉教授はミーティングルームを出て行った。僕は一人取り残される。

壁掛け時計を見上げると、午後十時を過ぎていた。せっかくだからと上杉教授の淹れてくれたコーヒーを一口啜る。胃薬以上の苦さに噎せた。堪えきれず、流しに吐きだしてしまった。こんな、泥のような濃いコーヒーを飲んだのは初めてだ。冷めているのに舌がビリビリし、これ以上飲むのを胃が拒否している。

ふと甘い香りが鼻腔をくすぐり、香りの元を辿ってテーブルに視線をやると、秋田銘菓の「金萬」が山盛りに置かれていた。まるで本物の小判が積まれているようだ。今まで全然気づかなかった。スタッフで食べるのだろうか？　朝から殆ど何も食べていないのに、それを見ても腹が空かなかった。

上杉教授が戻って来ないのを確認すると、マグカップのコーヒーをシンクに流し、大量の水で洗い流した後でマグカップを洗って片づけた。

それから二時間が経過し、日付が変わろうかという頃、上杉教授がミーティングルームに姿を現した。

「警察から連絡があった。香西くんの部屋からは、遺書が見つからなかった。——明日、司法解剖に決まったわ」

「何時からですか？」

「九時よ」

「また、ここに来てもいいですか？」

「家族や親族以外に死因の説明はできないわよ。それに、損傷が多いから時間がかかる。それでも来る？　臨床研修中じゃないの？」

「──休んで来ます」

僕は一礼すると、そのまま法医学教室を辞した。

下宿までの帰り道、香西がどうして死んだのか延々と考え、涙が止まらなかった。

「高校初の医学部進学者」という、地元からのプレッシャーに耐えられなくなったのだろうか。成績が悪く臨床実習についていけなかったのを気に病んだのだろうか。彼の力になれなかったことを悔やんでも悔やみきれない。もっと話を聞いてやれば良かった。

部屋に着いても、寝られる訳がない。電源の入っていない炬燵に入ったまま、気づいたら夜明けを迎えていた。

午前八時半ぐらいに法医学教室を再訪した。上杉教授は既に解剖着に着替え、僕を出迎えてくれた。またコーヒーを淹れてくれようとしたが、固辞した。

「コーヒー嫌いだった？」

「いえ、そういう訳じゃ……」

「まあ、いいわ。私はそろそろ、解剖室へ行くから」

「――香西を、よろしくお願いします……」

「勿論《もちろん》よ」

上杉教授は颯爽とミーティングルームを出て行った。

昨日と同じ椅子に座り、上杉教授の帰りを待つことにした。その間、何人かの教職員や大学院生がミーティングルームに入って来た。皆、簡単な挨拶だけで、忙しそうにすぐ出て行った。

僕はまた、香西が死んだ理由をずっと考えていた。

約六時間後、司法解剖が終わり、上杉教授がミーティングルームに姿を現した。思わず背筋を伸ばす。

「終わったわよ。香西くんの司法解剖」

「ありがとうございました」

「前にも言ったけど、結果については教えてあげられないからね。まあ、まだ検査が残ってるから、結論は出ていないけど」

僕は教授に頭を下げる。

香西の亡骸は、管轄である秋田東警察署へ搬送されるという。湯沢市から香西の家族が来るまで、署の霊安室に安置されるのだ。

ここから湯沢市は遠い。

真夏の太陽の下、食用菊畑で破顔していた香西の両親と、妹の姿が忘れられない。

「そうだ、南雲くん。もう進路決めてる?」

教授の突然の言葉に面食らってしまった。

「いいえ、実はまだ……」

「それなら丁度いいわ。親しい人の死に立ち会えるだけのメンタルを持っているなら、法医学に向いてる。——まあ、私は偉そうに言えないけどね。卒業したらウチに来ない?」

と、教授はどこか遠い目をした。

僕は「考えておきます」とお茶を濁し、法医学教室を辞した。香西はもうこの世にはいないのだ。そう思うと目頭が熱くなり、視界がぼやける。

基礎医学研究棟の玄関を出た時、ルーフに赤色灯がついている白いワゴン車が眼前を通り過ぎ、門を出て行った。遺体搬送車だ。

「——香西! 香西!」

搬送車を追って思わず駆け出したが、車はみるみるうちに小さくなり、すぐに見えなくなった。僕は息を切らして、立ち止まるしかなかった。

その日の夕方、捜査協力の為に秋田東警察署に呼び出された。事情聴取を終えて警察署を出ようとした時、スマートフォンに香西の父親から電話が掛かって来た。

見慣れない番号に一瞬躊躇《ちゅうちょ》したが、湯沢市の市外局番が表示されていたので慌てて出た。

「ひやしぶりだな、南雲さん……。元気だったが？」

勝順の声は覇気がなかった。香西の火葬と葬儀の日が二日後に決まったとの知らせだった。「参列させて欲しい」と頼むと、勝順は「順一郎は、きっと喜ぶ」と噎《むせ》び泣いた。どう言葉を掛けて良いか分からなかった。

「――んだんだ。南雲さんに、見せでぇ物あってよ」

「何ですか？」

「電話で話せば、長ぐなるがらよぉ、明後日に直接見せらぁ。気ぃつけで来いよ」

と、勝順は電話を切った。僕は下宿へ帰るとすぐに支度を始め、秋田駅前のデパートに喪服を買いに行った。

秋田から奥羽本線下り新庄行きの普通電車で約二時間。香西家に最寄りの横堀駅に到着したのは午前九時半前だった。火葬は十時、葬儀は十三時からで、秋田では火葬を先におこなうと知ったのはこの時だ。横堀駅周辺は閑散とし、寂寥感を煽《あお》られる。ちょうどタクシーが一台、駐車場に停車していた。乗り込むと、香西家に向かう。

湯沢市小野には冬の気配が漂っていた。

分厚い雲が覆う空の下、木々の葉はなく、稲刈りが終わってしばらく経つ枯れた田んぼには鳥の姿がある。あれは雁《がん》だろうかと、ぼんやり考える。

初老のタクシー運転手は香西家をよく知っていて「今日だば香西家まで何人か乗せだおの。これで三往復目だんし。賢《さか》しい童《わらし》だったのに」と道中、香西家のエピソードをいくつか語ってくれた。しかし僕は上の空で、どのような返答をしたのか覚えていない。

香西家に到着すると、勝順と桜子が出迎えてくれた。若菜は喪服を着て両親の後ろに控えていた。

「遠いどご、順一郎のためにわざわざどうもな。——順一郎さ会ってけれで」

抹香の香り漂う中、座敷に通される。ここで香西と枕を並べたのが、昨日のことのように思い出された。

座敷には親族や友人知人が三十人ほど集まっていた。見慣れない顔の僕に視線が集中する。勝順が「医科大の友達だ」と紹介すると、皆一様に表情が柔らかくなり、頭を下げた。座敷の一番奥には菊で覆われた祭壇が祀られていた。遺影の香西は、見慣れたいつもの笑顔だった。

祭壇の前に、棺《ひつぎ》が置かれていた。勝順が棺の小窓を静かに開ける。

「——順一郎。南雲さん来てけだど。いがったなぁ……」

「香西……」

絶句して、それ以上何も言えなかった。

棺の中の香西は安らかな表情だった。頭には包帯が巻かれ、トレードマークの坊主頭は隠れていた。粉砕した頭蓋骨は綺麗に修復され、見えなくなっていた。

香西の棺は親族の男性らによって縁側から霊柩車に乗せられた。霊柩車には喪主の勝順が位牌を持って同乗する。若菜が遺影を持ち、桜子と共に親族が運転する乗用車で火葬場に向かった。僕を含め他の人は葬儀会社が手配したマイクロバスに乗り、霊柩車と香西家の乗用車の後をついて走る。

上湯沢の火葬場までは十分ほどで到着した。

火葬の間、外でずっと天に上って行く煙を眺めていた。火葬は滞りなく進み、香西は一時間ほどで骨になった。お骨上げの時、桜子が腰を抜かして待合所へ運ばれて行ったのが不憫だった。若菜は泣くことなく、気丈に骨を骨壺に収めていった。僕と目が合うと、唇を噛み締めた。

葬儀は香西家の広い座敷で執り行われた。桜子は終始糸の切れた操り人形みたいで、放心状態だった。弔辞は香西の高校時代の同級生が読み、若すぎる死に皆涙した。

葬儀が終わるとそのまま座敷でお斎《とき》となった。親族の女性らが作った郷土料理が並んだものの、箸は進まない。料理の中には桜子が作ったであろう、食用菊の巻き寿司があったので、それだけ食べた。夏に食べた時と変わらず美味い。

「勝順よぉ、順一郎の医科大の学費作るどって、田んぼ一町歩《いっちょうぶ》売ったどよ」

「あや！　しかだね……」

「頭いいがらって、せっかく医科大さへだのに、こんたごどになるどはなぁ。黙って家継がせればいいがったのによぉ」

「まだ借金こでぇ残ってるらしいど」

「若菜の大学受験もあるのに、これがら何とすべ……」

香西家の親戚連中は噂話が止まらない。これ以上、そんな会話は聞きたくない。ビールを一杯だけ飲み干すと縁側に出て、庭の向こうに広がる食用菊畑を眺める。摘み取りと出荷が終わった畑は荒涼としていた。

背後では親戚連中の口さがない噂話がまだ続いていて、耳を塞《ふさ》ぎたくなった。

その時、勝順が姿を現した。葬儀を終えた安堵感からか、僕がここへ来た時より表情が少し柔らかくなっていた。背後の噂話が止んだ。

「南雲さん、ごっつぉ食ってらが？　遠慮しねで、じっぱり食ってけれよ。余っても仕方ねぇがらよ」

と、僕の隣に正座した。

「――順一郎の死因は『高所からの転落による多発外傷』ど、警察がら説明受けだんし。――特に頭が、ひでがったみでぇだなぁ……」

やはり、脳だけでなく、骨折や他の臓器の損傷もあったのだ。香西を見つめる、上杉教授の鋭い眼光を思い出した。

事故だったのか、自殺だったのか――。自殺だったとしたら、理由は何だったのか。勝順にはとても聞けない。

勝順はそんな僕の心情を察したのか、

「順一郎よぉ、一週間前に、いぎなり帰ってきたんすおの」

香西が帰省していたとは知らず、驚いた。

「元気ねっけがら、大学で何があったべがなぁどは思ったども、まさが、こんたごどになるどは、思わねがったなぁ。――下宿先、大学のロッカー、うちの順一郎の部屋を警察が探したども、遺書がみつからねくてすな」

「そうでしたか……」

「解剖で分かったごどがあるんだども……」

勝順は居住まいを正す。

「順一郎は病気だったみでぇだな。――それも重いやづ」

「ええっ⁉」

思わず大声を上げたものだから、座敷中の皆がこちらを振り返った。僕は声を潜め

て、

「何の病気だったんですか？」

　勝順は、時折言葉を詰まらせながら、

「筋……萎縮なんとがって言う病気だったな」

「筋萎縮性側索硬化症！」

「ああ、んだんだ！　それだ。さすがは医者の卵だなや」

　香西は筋萎縮性側索硬化症（ＡＬＳ）だった――。こんな身近に、難病を患った人がいたなんてと、鼓動が早くなった。

　ＡＬＳは全身の筋肉が徐々に萎縮してゆく原因不明の難病だ。根治療法はなく、対症療法しかできない。人工呼吸器をつけない場合、発症して三から五年で死亡する。

「順一郎を解剖してけだ女の先生――ああ、上杉先生が。その先生が、解剖した後で検査して突き止めでけだらしい」

　上杉教授は香西の手指や上腕、肩甲骨の筋肉の萎縮を発見し、解剖後に脊髄を詳しく検査したという。香西の身体には損傷が多かったのに、よく分かったものだと感服した。

「警察の見立てだば、屋上に事故の痕跡はねぐって、この病気を苦に自殺したんでねぇがどのごどだった。遺書ど同じく、保険証やら診察券やら検査結果やらも見つからねがったども。――オラには、それだけが理由で順一郎が死んだどは思えねぇ。遺書がねえのが納得いがねぇ……」

と、静かに涙を流す。

「順一郎が死ぬ前、南雲さんに何が言ってねがったんすか……？」

「――いいえ。ここ最近、順一郎くんには会っていなくて……。すみません」

僕の言葉に、勝順はあからさまに肩を落とした。

香西は本当に自殺したのだろうか。遺書が出て来ない限り、その理由が分からない。もし自殺だったとしたら、地元からの過度なプレッシャーと成績不振が理由ではなく、ＡＬＳと診断されたからなのか。

死亡時に手足が細かったのは体質ではなく、ＡＬＳの症状が出ていたからだ。食欲がなかったのではなく、既に嚥下《えんげ》障害が始まっていたのではないか。食べたくても食べられなかったのではないか――。

思い返せば、夏に旅行をした時、香西はペットボトルの水をぶちまけたり、片手鍋のラーメンをひっくり返したりしていたではないか。おまけに、駐車場の車止めに足を取られて転倒していた。

香西は「物を落としたり転んだりするのは、自分がそそっかしいから」と嘘をつき続け、僕はまんまと信じ込んでいたのだ。これから医者になろうとする自分が、傍にいながらどうして気づけなかったのだろう。唇を噛み締める。

香西の検案の時に、上杉教授は彼の転倒癖を気にしていた。もしかしたら、あの時既にALSを疑っていたのだろうか。そうだとしたら、恐るべき慧眼《けいがん》だ。

「南雲さん、これが見せでがったもんだ。──分かるべが？」

勝順から手渡されたのは、ビニール袋に入った黄色の折り紙だった。ところどころに染みが滲んでいる。

「これは……！」

香西の検案現場で見たものだ。

「順一郎が最後に着てらった白衣の胸ポケットさ入ってだんだど。警察がら預がった。警察官は『講義中にでも取ったメモでねぇが』ど言っててらっけども、オラだ家族は、何のごどだが、さっぱり分がらねぇ」

と、勝順は苦笑する。

「南雲さんだば、分がるんでねぇがど思って」

折り紙の白い方には「クレアチニン甲状腺刺激ホルモンアミラーゼマンガンウラン水素」とだけ書かれていた。紛れもなく香西の字だった。

「検査項目と元素名ですね……」

大学でこのような講義があっただろうか、と首を捻《ひね》って考えるも思い出せない。臨床研修中に香西が取ったメモかもしれない。

「僕にもちょっと分からないですね……」

勝順にメモを返すと、あからさまにがっかりした様子だ。

「んだが……」

「すみません」

役に立てず、歯痒《はがゆ》い。

「いや、気にしねぇでけれ。ただのメモだべおん」

「…………」

「…………」

会話が途切れ、気まずい空気が流れる。何か話題を探そうと周囲を見回し、小菊がいないことに気づいた。勝順に小菊の行方を尋ねると「若菜の部屋でねぇべが」と階段の先を見上げた。葬儀後に倒れかけた桜子が若菜の部屋で休んでいて、寄り添っているのだという。何と優しい猫だろう。

「さっきも、順一郎の部屋さ入ってウロウロしてらっけな。小菊も分がってらんだべ」

地域によっては「猫が跨《また》ぐと死者が蘇る」「湯灌をした水を猫が舐《な》めると、亡者に化ける」などの迷信があり、葬式の時には猫を隔離するらしい。だが香西家は全く信じておらず、小菊は野放し状態だ。

香西の部屋の話を聞いたら、彼の生きた証を確認したくなった。勝順に頼むと快諾し、二階まで連れて行ってくれた。

「順一郎がいづ戻って来てもいいように、アバか若菜がいつも掃除機かげでらったな……」

勝順が襖を開けると、冷たい風が吹き込んで来た。桜子が換気のために窓を開けたらしい。荒涼とした菊畑を眺めたかったので、そのままにしておくよう頼んだ。勝順は力なくベッドに腰掛ける。

室内の様子は、夏に訪れた時と全く変わっていなかった。

学習机には、変わらず周期表のグッズがたくさん並び、ポスターも貼られたままだ。夏に香西と交わした会話を思い出し、僕は小さく笑う。

そうだ。

香西はあの時、何と言っていた？

——元素記号だけで、手紙のやり取りしたごどもある。暗号なんか作ってよぉ。

もしかしたら——。

「お、おじさん！　さっきの折り紙をもう一回見せてください！」

「おっ！　急になした？」

勝順は勢いに気圧《けお》されたのか一瞬だけひるんだが、喪服の胸ポケットから折り紙を取り出す。僕はひったくるように受け取った。

「何が、分がったんだが？」

僕は力強く頷いた。

「これは、暗号です」

「あ――？」

勝順は、ぽかんと口を開けた。

「香西……いえ、順一郎くんは、周期表マニアでした。元素記号で暗号を作っていた、と言っていたんです。これはきっと、僕への挑戦状です」

いつの間にか勝順の背後にいた若菜が、顔をほころばせた。ここに来て初めて見る笑顔だった。

「んだんだ！　兄さんは昔っから、暗号を作るのが好ぎだったべ。オラの髪留めやら文房具やら隠されで、暗号を解げねぇば見つけられねがった」

と、若菜は泣き笑いで語った。それを思い出したのか、勝順も一緒に「オラも財布やられだったたな」と笑った。

香西の机からボールペンとメモ帳を拝借すると、暗号を解き始める。

その時、桜子がふらふらとした足取りで入って来た。僕らが騒がしかったので気になったのだろう。桜子の背後では、小菊がこちらの様子を窺っていた。

「おめぇだ、ここで何してら？」

「南雲さんが、あのメモは暗号だど言ってらんだよ」

桜子に説明する勝順の声に、覇気が戻った気がした。

僕は三人が見守る中、メモに書かれていた文章を「クレアチニン・甲状腺刺激ホルモン・アミラーゼ・マンガン・ウラン・水素」と区切る。

「さっきもおじさんに言いましたが、これは血液検査項目と元素名です」

僕が説明すると、若菜は眉間に皺を寄せる。

「オラ、理科が嫌いで文系に進んだんだ。さっぱり分からねがった」

「おめぇがちゃんと勉強してれば、南雲さんに迷惑かけるごどはねがったんだ」

「オラは、兄さんど頭の出来が違うんだ！」

勝順と若菜の口喧嘩《げんか》が始まり、桜子が仲裁に入る。

「まあまあ、二人とも。続ぎを聞ぐで」

桜子の頬に赤みがさし、目が輝き始めた。

「これらの検査項目と元素はアルファベットの略称があるんです」

僕は「クレアチニン・甲状腺刺激ホルモン・アミラーゼ・マンガン・ウラン・水素」を略称と元素記号に直す。

CRE・TSH・AMY・MN・U・H

意味をなさないアルファベットの羅列だ。何かヒントがないだろうかと周囲を見回した。

窓から見える景色で、あることに気づいた。もしかしたら、と本棚にあった英和辞典を捲る。「やっぱりそうか！」と、喜びの声を上げてしまった。

「これはアナグラミングです！」

「なんだべ、それ？」

香西家の三人は揃って首を傾げる。

「文字を入れ替えて、別の意味を持つ言葉にする遊びです」

「CRETSHAMYMNUH」を並べ替えると「CHRYSANTHEMUM」となった。

「Chrysanthemum」……菊の英語名だ。

「解けたぞ、香西。最後の最後まで、おまえらしいなぁ」

僕は小さく笑った。

一番好きだったものを暗号にしたんだな、香西。

「菊畑に何かあるかもしれません。行ってみましょう！」

僕と三人は、香西の部屋から勢いよく飛び出して階段を駆け下りた。座敷と台所にいた人々が驚いた様子で出て来る。

玄関を出た僕らは、菊畑を目指して走り出した。弔問客ら数名も何事かと後を追って来た。

しかし、菊畑は広大だ。

香西は、どこに何を残したのだろうか。

「おじさん！　香西が特に好きだった菊とか、ありますか？」

「順一郎が一番好ぎだった品種は『湯沢菊』だったな……。鮮やかな黄色で」

と、桜子が呟いた。

「んだ！　黄色の折り紙！」

勝順は「こっちだ！」と革靴が汚れるのも厭《いと》わずに畑の中を走り出す。僕らも後に続いた。

香西。おまえは湯沢菊が好きだったから、黄色が好きだったんだな。

不自然に土が盛られている場所があった。「いつの間に……」と香西家の三人は絶句する。

「――一週間前に来た時に、埋めで行ったんだべが……？」

その時には、死ぬ覚悟を決めていたのだろうか。

もしかしたら、ずっと前から自分の死を予見して、僕を旅に誘ったのだろうか――。

「おじさん、スコップのようなものをお借りできますか？」

勝順は「ほい！」と納屋からスコップ二丁を取って来た。勝順のズボンの裾は土塗れだった。

僕と勝順で畑を掘る。すぐに硬い物に当たった。掘り返すと、片手で持てるぐらいの、鮮やかな黄色い菓子缶が出て来た。

勝順が蓋を開けると、中には香西の診察券や検査記録が入っていた。

「秋田医科大病院ではなく、秋田市内の病院のものですね」

香西が秋田医科大病院で診察を受けなかったのは、周囲に気づかれたくなかったからだろう。――僕にも言えなかったのだ。

勝順が更に菓子缶を探ると、家族に宛てた遺書と一通の手紙が入っていた。

「この手紙は……。南雲さん宛てみでぇだな」

勝順から渡された手紙は、文字が震えてはいたが、確かに香西の筆跡だった。

南雲へ
この手紙を読んでいるなら、俺の作った暗号が解けたんだな。
おまえなら、ここまで辿り着けると思った。
本当は家族に直接渡そうかと考えたけど、きっとショックが大きいと思う。
だから、この缶をおまえに託した。
家族に俺の病気のことを説明してあげて欲しい。重い役割を押しつけてごめんな。
南雲、おまえならどの科に行っても、いい医者になれるよ。
今年の夏の出来事は、俺もずっと忘れない。
今までありがとう。

香西順一郎

手紙を抱きしめ、泣いた。ここに来て、初めて涙を流した。

遺書の内容を訊くのが憚《はばか》られた。僕は知らない方がいいだろうと思っていたのだが、勝順がその場で教えてくれた。「自分が劣等生のせいで学費がかかり、家計を苦しくした。これ以上は迷惑をかけられない」という実家の経済状況を心配した内容と、ALSを発症し、医者や人生を諦めざるを得ない絶望などが綴《つづ》られていた。

「——ALSは未《いま》だ原因が解明されていないんです。生まれ育った環境か後天的なストレスによるのかも不明なんですよ。治療法は主に薬物療法かリハビリになりますが、それでも病の進行を完全にくい止めることはできません」

僕が皆にそう説明すると、勝順が泣きながら頷き、

「『だから、この病気になったのは誰のせいでもないから気に病まないで欲しい』と書いでらなぁ……。順一郎は最期までオラだのごどを――」

勝順は涙で言葉が続かなかった。

遺書の在処《ありか》を暗号にして僕に託したのは、香西自身がやりたくてもできなかった、家族へのALSの説明を、僕に代わって欲しかったのだ。香西は勉強家だ。おそらく、ALSに関して人一倍調べただろう。自らで家族に向き合えず、悔しかったに違いない。

医学部に入るまではALSなんて知らなかった。神経内科の講義が始まってから、初めて詳しく調べた。ALSはメジャーな病気ではなく、認知度は低い。だから、レポートを書くために色々と調べたことがあった。

香西はそんな僕の様子をよく知っていたから「南雲ならALSについて家族に分かりやすく説明してくれるだろう」と、僕に最後の大切な願いを託してくれたに違いない。

僕は、香西に信頼されていたのだ。それが何より嬉しかった。

僕が香西の立場だったら、どうしただろう？　香西みたいに、最期まで病気を隠し通すなんてできない。きっと大騒ぎして、皆を巻き込み狼狽《うろた》えたに違いない。

──おめぇにはでぎねぇべな。

菊畑を渡る風に乗って、香西の声が聞こえた気がした。きっと彼は、してやったりの満面の笑みでいるだろう。

香西家の三人は僕に「ありがとう」と何度も頭を下げ、勝順は僕の手を握り、なかなか離そうとはしなかった。

午後六時を回った頃、「泊まって行け」という引き留めを固辞し、横堀駅へ向かうことにした。あまり遅くなると帰りの電車がなくなる。

タクシーを呼んでもらうと、香西家まで来た時と同じ運転手だった。

「火葬と葬式は、無事に終わったんすか？」

「はい。──いいお葬式でした」

「んだすか……」

かつて香西が何度も通ったであろう景色を目に焼きつけようとした。運転手は何かを察したのか、それ以上は僕に話しかけることはなかった。

香西の葬儀が終わると、いつもの日常が戻って来た。

同期や臨床実習先のスタッフは僕を腫れもの扱いしたが、香西のことは徐々に忘れられていき、僕の扱いも今まで通りに戻っていった。それが何だか寂しかった。

自分だけは香西のことを絶対に忘れない。

月命日には、香西が命を絶った場所に献花を続けている。

香西との別れ、そして上杉教授との出会いで、僕の心境に変化が生じた。人の生ではなく死を深く追求してみたいと思うようになったのだ。

臨床実習の合間を縫い、一度だけ法医学教室を訪ねてみたが、残念ながら上杉教授は会議で不在だった。


「──そんなことがあったのね。知らなかったわ」

「後日、香西の親父さんから、改めてお礼の連絡がありました」

勝順は電話口で「医者になんかなれなくてもいいから、生きていて欲しかった」と号泣していた。

「香西家からは毎年、食用菊が届きます。ずっと菊農家を続けているそうです」

香西が倒れていた場所を眺めた。彼が生きている内に何かできることはなかっただろうか、と後悔の念が再び押し寄せる。

「あの頃から、教授のコーヒーは濃かったですよね」

「目が覚めるからいいでしょ」

僕が笑うと、教授も笑った。

今思えば、あれが教授なりの慰め方だったのだろう。

「それにしても、あの黄色い折り紙が、遺書へ導く暗号だったとはね。さっぱり分からなかった。でも、良かったじゃない。南雲くんが暗号解かなかったら、ご家族は香西くんの本当の気持ちを知らなかったんだから」

「そんなことないですよ。暗号を解かなくても、食用菊の栽培が始まる頃には見つかっていたはずですし。結構分かりやすく、浅い場所に埋めてあったので」

「こういうことはね、なるべく早いほうが家族の心の傷も癒えるのよ」

教授は珍しく僕を褒めた。

「もしかして、未だに後悔してる？『香西くんに、何かしてやれることはなかったか』って。それは時間の無駄よ。友達はね、一緒にいるだけでいいのよ」

教授の言葉が、じんわりと温かく胸に沁みる。

「――教授はどうして、自殺研究の道を進んだのですか？」

これまで訊けなかったことが、すんなり訊けた。教授は嫌な顔一つせず、

「私の元夫が自殺したからよ」

と、あっけらかんと答えた。教授はベンチから立ち上がって腰を伸ばすと、

「今度は私が話す番かしらね」

三十三年前。教授の元夫である武田利伸《たけだとしのぶ》は、秋田医科大学病院精神科の助教授だった。教授はその頃、法医学教室の講師で、二年前に武田と結婚して第一子を妊娠中だった。上杉秀世は法歯学教室の助手で、武田とは高校時代の同級生。それが縁で三人は交流を深めていったという。

ちょうど今と同じ梅雨の最中、教授は自宅で、夫が首を吊って亡くなっているのを発見した。

武田は自室の欄間にぶら下がっていた。

教授はパニックになり、武田を降ろそうと踏み台に乗った。そして武田の身体を抱えたまま足を踏み外し、腰をフローリングに強打した。

「武田が部屋で死んでいる」と秀世に連絡するとすぐに駆けつけてくれた。秀世は武田と教授の姿を見ていたく驚き、警察と救急車を呼んだという。

教授は、自身が出血していることに気づいていなかった。

教授は救急車で秋田医科大病院へ搬送された。武田はその場で社会死認定され「遺書が見当たらない」「頸部の索状痕が薄い」「首絞めの可能性があるのでは」ということで、秋田医科大で司法解剖されることになった。

当時の教授によって武田は司法解剖された。

死因は縊頸による窒息死。警察は捜査の結果、自殺と判断した。

教授は腹部への衝撃が原因で流産し、二度と子供が望めない身体になってしまった。

自殺の理由に皆目見当がつかなかった教授は、病床で混乱したという。武田の仕事は順調で、もうすぐ一児の父になるはずだったのに。

夫の葬儀の喪主を務め終えた教授は、一週間で職場復帰した。

そして教授は自らの研究テーマを「秋田県内の自殺」へと変えた――。


「秀さんにプロポーズされたのは、その十年後だったわね」

と、教授は恥ずかしそうに告白する。秀世を「秀さん」と呼ぶ教授が新鮮に映った。

教授は再び、僕の隣に座る。

「秀世先生にも若い頃があったんですね」

「当たり前よ。あれでも、武田の次にいい男だったんだから」

「『だった』。過去形ですか……。ウチに法歯学教室があったのは知りませんでした」

「教員だけでなく大学院生も集まらなかったから、上杉の上司だった教授の退官と共に、法歯学教室はなくなったのよ」

「その後、秀世先生はどうしたんですか？」

「法医学教室の教員になるよう誘ったんだけど、断られたの。秀世は大曲に戻って実家の歯科医院を継いだのよ」

そして、今に至る訳か。教授と秀世の関係は何となく分かった気がする。しかし、僕の秀世を見る目は変わった。世間からは「親友の妻と一緒になった」などと、色眼鏡で見られそうだが、傷ついた教授にずっと寄り添い続けた、カッコイイ大人の男だ。

「私が自殺研究に没頭するのは、夫がどうして死んだのか、その答えを探しているからかもね」

と、遠い目をした。教授は今でも、前夫が自殺した動機が分からず苦悩しているのだ。

僕が初めて法医学教室を訪れた時、教授が「私は偉そうに言えないけどね」と語っていた意味もようやく理解した。前夫を亡くしてから今でも、自分が法医学者に向いているのか自問しながら生きている。

「教授は『イシュタム』みたいですね」

「ええ？」

教授は訝《いぶか》し気に僕を見る。

「イシュタムって何よ？　初めて聞いたわ」

「イシュタムはマヤ神話で自殺を司《つかさど》り、死者を楽園に導く女神なんです。――死者が楽園に行くかどうかなんて分からないけど、遺体の死因究明を使命とする教授は、死者やその周囲の人たちを救っている気がするんです。それに教授は、自殺の研究もしてますし」

「何よ、それ」と、教授は笑って聞き流す。

「私は神様じゃないわよ。泥臭く無様に生きてる人間よ。――人間はね、生まれたからには死を避けられないし、死は決して怖いことじゃないのよ。南雲くんも早く独り立ちして、しっかり見送れるようになりなさい」

そう語る教授の横顔は、何だか清々しかった。

「さて、もう戻りましょうか。鈴屋さんが心配してるかもね」

「アイツは、僕らのことなんか心配しませんよ」

「そうかしら」

ベンチから立ち上がり、もう一度だけ手を合わせた。

香西。僕はやっぱり、教授のような法医学者になりたい。

そう思いながら、その場を離れて教授の後を追った。

第五話　真夏の種子

七月三十日（金）

秋田県内もようやく梅雨明けし、本格的な夏の到来だ。

秋田の夏は短い。

だからこそ、満喫しないと。僕は院生部屋の窓を開け、青々とした山の上に湧き上がる入道雲を眺めていた。

この季節になると、香西と過ごした夏を思い出し、胸が締めつけられる瞬間がある。戻りたくても戻れない、最高の夏だった。

これからの人生で、香西と見た夕景を超える風景に出会えるだろうか。

夏が来る度、こんなに切ない思いをしなければならないなんて——。

「アイス、溶けてますよ！」

声を掛けられ、我に返る。ソーダ味のアイスキャンデーは溶けて棒から滴り、右手と白衣の袖口を濡《ぬ》らしていた。慌てて残ったアイスを口に入れるが、後の祭りだった。

「ティッシュどうぞ」

修士一年の鈴屋玲奈は笑いながら、僕に向かってティッシュの箱を差し出す。ありがと、と一枚受け取って拭いたが、まだベトベトしていたので流し台で手を洗った。

「何か、考え事ですか？」

「いや、別に……」

「ふうん……」

鈴屋はチョコアイスの最後の一口を頬張り、カップとスプーンを捨てた後で僕に向かって「ごちそうさまです」と頭を下げた。健康診断のバイト代が入ったので、後輩に気前よく奢《おご》ってやったのだ。いつものように「苦しゅうない」と胸を張る。

「夏が始まったのに、私たち、これでいいんですかね？」

「いいんだよ。実験や勉強だけでなく、解剖も頑張ってるじゃないか」

大学院生に決まった夏休みはない。僕と鈴屋は休みも取らず、毎日大学へ通い続けた。こう言うと聞こえは良いが、単に二人とも行くあてがないのである。

鈴屋はもともと秋田市内の出身だ。実家から通っているので、帰省の必要はない。僕は実家のある東京へ帰るつもりはなかった。

六月の法医学会全国集会が終わった後、僕の執刀医としての独り立ちに向け、上杉永久子教授の指導にもより熱が籠《こも》ってきた。鈴屋も、自ら起こした不祥事の汚名返上とばかりに実験・研究に精を出し、解剖にも積極的に参加している。

今日は解剖の予定もなく、実験の合間に院生部屋でアイスを食べながら雑談に興じていた。

すると彼方から聞き覚えのある足音が近づいて来た。お互いに目配せをすると、それぞれの机に戻り、勉強しているふりをする。

直後、勢いよくドアが開き、疾風の如く入って来た人物は案の定、上杉永久子教授だった。

「あら。ちゃんと勉強してたのね。感心感心」

「教授。解剖でも入ったんですか？」

僕はわざとらしく椅子から立ち上がる。鈴屋もとぼけた表情で「何かあったんですか？」とシャープペンシルを置いた。

「南雲くん、地方会の演題登録どうなってる？」

言いながら教授は窓際に歩み寄り「冷房が効かなくなるじゃないの」と、僕が開けた窓を閉める。蟬の鳴き声が小さくなった。

「地方会」とは法医学会の北日本地方集会のことで、十一月の中旬に開催される。今年の会場は山形市内で、僕が口演発表する予定だ。鈴屋は修士を修了する来年中に一回は発表することが決まっている。

「さっき登録しました」

演題登録の締め切りは九月末だが、早いに越したことはない。それに、未登録だとこうして何度でも教授に催促されるはめになる。

「そう。それならいいわ」

と、満足げに頷《うなず》き、「それじゃ」と、すぐに院生部屋を出て行った。僕と鈴屋は

「何だったんだろう」と言わんばかりに顔を見合わせる。

「教授って、ああ見えて寂しがり屋ですよね。ずっと一人じゃいられないって言うか――」

と、鈴屋は教授を冷静に分析する。僕は頷いた。

「分かる。少し時間ができると、回遊魚のように人のいる部屋を回るよな。話し相手を探してさ」

鈴屋は「それそれ」と、両手を叩《たた》いて吹き出した。

「あ、そろそろ時間だ」

実験の途中だった鈴屋は、タイマーを持って立ち上がった。

僕は机に向き直り、読みかけの論文を手にする。海外の有毒植物の論文だ。机上に山のように積み上がっている書類は全部それだが、英語が苦手な僕は読むのを後回しにしていた。いわゆる積読《つんどく》というヤツだ。翻訳アプリを片手に読み進めてはみたが、

数ページで力尽きてしまう。気分転換に北欧神話の本でも読むことにした。

夕方になると、秋田県警察本部・刑事部捜査第一課の熊谷和臣検視官が法医学教室に顔を出した。県警での仕事が落ち着いたり、自らの非番の前日になったりするとこうして法医学教室を訪れることがある。差し入れにと水羊羹《みずようかん》を持って来てくれた。

今日は一息ついてばかりだが、たまにはこんな日もあっていいだろう。

緑茶の茶葉は切れていた。水羊羹と合うのだろうか、と訝《いぶか》りながらも熊谷にはコーヒーを出さざるを得なかった。

教授は検事との面会が終わったようで、やれやれといった表情でミーティングルームに姿を現す。

「あら、熊谷さんいらっしゃい」

教授はちらりとテーブルを見ると、

「私が作ったアイスコーヒーがあるよ。暑い中来てくれたのに、ホットコーヒーでは不憫《ふびん》でしょ」

と、冷蔵庫から冷水筒を取り出した。冷水筒の底には、一目で分かるぐらい溶け残りが沈殿している。それを見た熊谷は慌てた。

「南雲先生の出してけだ熱いコーヒーで十分だんし。エアコンで身体《からだ》が冷えでるがら、熱いのがちょうどいいんすおの」

と、丁重に断った。

教授は「そう?」と言いつつ、ガラスコップにアイスコーヒーを注ぎ「目が覚めるわ」と、美味《うま》そうに飲んでいる。想像するだけで口の中に苦味が広がり、胃が痛くなった。

「あら、水羊羹! 熊谷さん、いつも悪いわね。早速いただこうかしら」

教授は嬉《うれ》しそうに、水羊羹の箱包みを開いた。カップに入った水羊羹は抹茶と小倉の二種類で、教授は当然のように一つずつとった。スプーン二口で小倉を食べ終わると、次は抹茶に手をつける。抹茶も食べ終わったところで、アイスコーヒーを飲み干し満足げだ。

教授の食べっぷりに、僕と熊谷は唖然《あぜん》とし、それに気づいた教授は、

「あと五、六個はいけるわよ」

と、胸を張る。

「前からずっと思ってたんですが……。和菓子には、やっぱり緑茶じゃないんですか?」

僕の言葉に熊谷も頷く。

「何言ってんのよ! 和菓子には絶対コーヒーなの! 試してみなさいよ。美味《おい》しいから」

教授はそう言い、僕の前に水羊羹を差し出した。さっきアイスを食べたばかりだったので遠慮する。

「全くもう。和菓子とコーヒーの良さを知らないなんて、人生損してるわよ」

教授はブツブツと文句を言いながら、更に小倉と抹茶を二個平らげた。八個入りの水羊羹はあっという間に半分なくなってしまった。おそらく、今日中に食べ尽くされるだろう。

「そういえば最近、解剖が少ないわね」

教授は二杯目のアイスコーヒーを飲み干すと、熊谷に向かってそう言った。

確かに教授の言う通り、ここ数日は司法解剖が全く入らなかった。そのおかげで実験や勉強が大いに進んだ。

「新聞やニュースを見る限り、県内で大きな事件や事故がなかったですからね。東京とは大違いですよ」

「そうねぇ……」

僕らの平和ボケした会話に、熊谷の表情が曇り、声のトーンが低くなる。

「ヒトに関する案件は少ねぇんすども……。——実は、秋田中央警察署管内で野良猫や外で飼われでる犬、カラスの不審死が相次いでいるんすおの」

秋田県内の動物病院で、獣医が被害に遭った動物を解剖したところ、薬毒物による中毒死の可能性が高いとのことで、科捜研で被害動物の血液を鑑定中らしい。

熊谷から物騒な報告を聞いた教授の表情も引き締まる。小動物の殺害に手を染める者は、高確率で人間へ危害を加えると考えられているからだ。

「もうじき、竿燈《かんとう》まつりがあるんすべ」

竿燈まつりは、毎年八月上旬の四日間にわたって開催される。夜空を彩る約二百本もの竿燈の群れは「黄金の稲穂」と表現される。竿燈まつりは、もともと真夏の厄除けとしてのねぶり流しが原型とされている。竿燈は年齢に応じて大若・中若・小若・幼若の大きさがあり、大若ともなると約五十キログラムあるらしい。その竿燈を額や肩、腰などに乗せて「どっこいしょ、どっこいしょ」の掛け声とともに妙技を競うのだ。

「人出に紛れでテロでも起ごされだら大変だ。中央署は厳重警戒してらんす。動物殺害に使われだ毒物も、まだ特定できでねぇがら。——何も起ぎねぇばいいども な」

熊谷はそう言い残し、一時間もしない内に帰って行った。

教授は僕の淹れたコーヒーを一口啜《すす》り「薄いわね」と一言だけ文句をつけると、

「熊谷さんの言う通り、竿燈には日本だけでなく世界中から観光客が押し寄せるから、不特定多数の人を狙うには好都合よね。動物殺害は、竿燈に向けてのリハーサルかもよ」

竿燈は毎年見に行くぐらい好きな祭りだ。密《ひそ》かに、いつか竿燈の妙技を体験してみたいと思っている。祭りで大きな事件など起きて欲しくはないが、十分にあり得る話だ。毒物の使用が予想されるなら、屋台の食べ物を買わないようにするぐらいしか、対処法はない。本当は、人ごみに行かないのが一番良いのだろう。しかし、夜空に揺れる黄金の稲穂の波を目に焼きつけないと、秋田の夏は始まらないし、終われない。

そう言えば、香西とは竿燈にも一緒に行ったな、と少ししんみりしてしまった。

「薬毒物のテロも怖いけど、爆弾なんか使われたら一発よね。死傷者が薬毒物の比じゃないし、損傷が多いから解剖も大変。ウチの法医学教室だけじゃ対応できないだろうから、隣県に応援を頼むしかなくなる」

「更に怖いこと、言わないでくださいよ……」

数日後、熊谷と教授の心配は杞憂に終わった。

竿燈まつりは特にトラブルもなく終了したのだ。

だが、秋田市内で頻発した動物虐殺事件は、これから起こる大事件の嚆矢《こうし》だった。

八月九日（月）

午前九時から始まった司法解剖は教授へ鑑定嘱託されていたが、トレーニングとして執刀は僕、補助は教授、書記は鈴屋でおこなわれた。

　遺体は若い男性で、アルコールを多量摂取し海水浴中に溺死した可能性が高かった。遺体の損傷がほとんどないことが幸いし、解剖は昼前には終わった。

「海に入る前に、三百五十ミリリットルの缶チューハイ三本は論外！　周りの人も、どうして止めなかったのかしら」

「浜辺でバーベキューやりながら、その場にいたほぼ全員、酔っ払って一緒に海に入ってたみたいですし。判断力がなかったんでしょうね」

　僕は再び、警察から預かった事件概要に目を通す。大学の友人ら二十名ほどで開催された楽しい海水浴とバーベキューは、一瞬で暗転した。

「もっと早く見つかっていれば、助かっていましたかね？」

　鈴屋の質問に教授は少し考えて、

「そうね……。せめて潮に流されなければ、助かったかもしれないわね。全く、楽しい思い出が台無しよ。『お酒を飲んで、海や川に入らない』のは、常識中の常識でしょ」

　僕ら三人は、ミーティングルームで昼食を摂《と》りながら一息ついていた。

　その時、テーブルに置いてあった教授のスマートフォンが振動する。

「あら、熊谷さんからだわ。検案か解剖要請かもね。——もしもし、上杉です」

教授が文字を書くジェスチャーをしたので、慌てて僕のメモ帳とボールペンを貸してやった。鈴屋は「熟年夫婦みたい」と驚く。

「ある程度の年月一緒にいたら、誰でも分かるようになるよ」

「そうですかねぇ」

鈴屋は教授の横顔を見て肩を竦《すく》めた。

「――それで、現場は？　そう……」

教授の表情が、みるみる内に険しくなる。僕と鈴屋は顔を見合わせた。

「鈴屋、何だと思う？」

「大きな事件ですかね。でも、こんな田舎で――？」

「田舎だろうが都会だろうが、事件はどこでも起きるさ」

教授の手元のメモを覗《のぞ》き込んだら「みさとちょう六ごう」「死者四名」「入院二人」などと書かれていた。教授も熊谷も長電話が嫌いな質《たち》だが、話は一向に終わらず、事件の深刻さが窺《うかが》える。

やっと電話を終えた教授の眉間《みけん》の皺《しわ》がより深くなった。自分で書いたメモに目をやり「何これ、汚い。自分でも読めない」と不満そうだ。

「教授、事件ですか？」

教授は神妙に頷くと、概要を説明してくれた。

秋田市内から遠く離れた県南部、秀世が暮らす大曲の隣町、仙北郡の美郷町六郷安楽寺《みさとちょうろくごうあんらくじ》周辺地域にて四名もの不審死が相次ぎ、同様の症状で二名が入院中とのことだった。大仙警察署は集団食中毒事案として保健所に検査要請をしていたが、検視を担当する熊谷は食中毒にしては症状が激烈ではないかと、教授に検案を要請したのだった。大仙保健所が六名の共通の食事を調査した結果、被害者全員がおととい夜の夏祭りに参加していたらしい。

六名はいずれも、昨日の早朝から昼過ぎにかけて吐血、嘔吐、血液混じりの下痢、腹痛、発熱、手足の痺《しび》れなどの症状が出ていた。近隣の病院に救急搬送され、四名は治療の甲斐なくそのまま亡くなった。入院中の二名の症状も重く、予断を許さない状況だ。

「夏祭りの出店で食べた何かにあたったんでしょうか」

僕の質問に教授は少し考えた後で、

「どうかしらね……。細菌性の食中毒だと血便が出る時があるけど。そう言えば、先週の竿燈まつりでも、カンピロバクターの食中毒が出たみたいね」

八橋《やばせ》会場の屋台村でチキンバーガーを食べた老若男女七名が、カンピロバクターに感染し、現在では全員が快方に向かっている。加熱不十分だった鶏肉が原因だ。一般的に、カンピロバクター感染後の経過は良好だが、数週間後に〈ギランバレー症候群〉を発症することもあるから要注意の食中毒菌だ。ギランバレー症候群とは、末梢神経の障害により脱力感や麻痺《まひ》などが起きる病気である。

「私、小学生の時に、地元の夏祭りで焼きそばを食べてあたったことあります。黄色ブドウ球菌でした」

当時のことを思い出したのか、鈴屋が苦々しい表情で腹を擦《さす》る。

「私はお腹を下しただけで済みましたけど、今回被害に遭われた方々は吐血に血液混じりの下痢って――。相当苦しかったでしょうね」

鈴屋はすぐ被害者に感情移入してしまう。そこが良いところでもあり、悪いところでもある。繊細な彼女を事件現場に連れて行ったら大変なことになりそうだ。

法医学に携わる者は、一つの事件に感情移入し過ぎてはならない。しかし、僕も教授も大事な人を亡くした過去がある。どうあがいても過去は消えない。だからこそ、現在の自分が哀《かな》しい出来事にどう向き合うかによって、人生は良い方向にも悪い方向にも進む気がする。

「鈴屋さん、事件に引き摺られないようにね。――自分とは切り離して考えなさいよ」

「はい……。すみません」

鈴屋はカップ麺の容器を片づけ「準備、手伝います」と椅子から立ち上がる。

「南雲くん、これから、すぐに出るわよ。鈴屋さんは、留守番を頼むわ」

「分かりました」と二人で席を立つと、そのまま検査室へ向かった。鈴屋は手際よく検案鞄に消耗品を詰めながら、

「私も検案現場へ行ってみたいです。いいなぁ、南雲先生は」

「簡単に言うなよ。解剖室とは全然違う、緊張の連続だぞ。地元の警察官らには、新人だからって舐《な》められるし」

「そんなもんですかねぇ……」

「そんなもんだよ。鈴屋が思うよりも、厳しい世界なの」

「ふうん……」

鈴屋は納得したのかしてないのか分からないような返事をしながら、僕に「行ってらっしゃい」と検案鞄を押しつけて来た。

僕はそのまま基礎医学研究棟の玄関に向かう。やはり教授は先に待っていて、僕に「遅い」と文句を言うのを忘れていなかった。

朝方まで土砂降りだったものの、今は雲一つなく陽光がギラギラしている。地面は既に乾ききっていた。一日で一番暑い時間帯だ。アブラゼミの大合唱に時折ミンミンゼミの鳴き声も交じる。

秋田県警の迎えの車が基礎医学研究棟の玄関に到着したのは午後一時半を過ぎた頃

だった。運転手は秋田県警本部捜査一課所属の若い男で、僕らとは初対面だ。やたらと教授に恐縮している。熊谷から一体何を吹き込まれているのだろう。熊谷検視官は今朝早くから、現場の美郷町六郷に詰めているという。

教授は助手席で事件概要を読み、犬のように唸《うな》っている。

「どうしたんですか？　教授」

「熊谷さんの言う通り、ただの食中毒にしては症状が激烈すぎるし、発症が早い」

「そうなると、毒物ですかね……」

「だとしたら、発症まで時間がかかっているから、即効性のある毒物ではないわね……。何かしら？　農薬？」

秋田は農業が主産業ゆえ、自殺に農薬が使われることが多い。農薬は用途や種類によって摂取後の発症時間と症状が異なるので、今回の事案に少し似ている気がするが——。

とはいえ、農薬の中でも有機リン剤やカーバメート剤の中毒ではなさそうだ。これらの中毒症状に縮瞳が挙げられるのだが、今回の被害者たちはそれを訴えていない。ちなみに、有機リン系化合物で有名なのがサリンである。

百戦錬磨の教授でさえ、悩む事案だ。空は晴れ渡っているのに、僕の不安はどす黒い靄《もや》みたいに広がってゆく。

下する。

秋田医科大学から県道六十二号線を東に進み、秋田中央ICから秋田自動車道を南

秋田中央ICを過ぎると、先を急ぐために運転手が赤色灯を灯《とも》し、緊急走行に入った。

テレビドラマなどで見ているとカッコいいが、実際に目の当たりにすると、ただただ怖い。追い越した車は、一瞬で後ろに過ぎて行く。

「すごい運転技術ね！　秋田県警で一番なんじゃない？　もしかしてあなた、A級ライセンス持ってる？」

車体が大きく揺れるにもかかわらず、教授は嬉々として運転手を褒めちぎる。運転手は「恐縮だんす」と何度も頭を下げる。だが、その間も巧みなステアリング捌《さば》きで、狭い車間を縫うように車を走らせる。

案の定、僕は酔ってしまい、早くもグロッキー寸前だ。これから過酷な現場に立ち会わなければならないのに。車に乗る前に酔い止めを飲んでおくんだった。いつも後悔する。

「相変わらず情けないわね！　しっかりしなさいよ」

と、教授に叱られ、危うく吐きそうになった。

教授はそんな僕に呆《あき》れたような視線を寄越した後、再び老眼鏡を掛けると事件概要

の書類に視線を落とした。

大曲ICを出てから、国道百五号線――いわゆる大曲西道路――を東に進み、国道十三号線と交差する道路で一般道に入った。

大型量販店が集中する地域を過ぎると、道路の両脇には黄金色に色づき始めた田んぼが広がり、秋田市郊外と何ら変わらない長閑《のどか》な風景となる。大曲や美郷町六郷も抜けるような青空で、真夏の太陽が照りつけている。

殆《ほとん》ど人通りがなかったものの、現場の児童公園に近づくにつれ、ぽつりぽつりと人影が増えて来た。どうも皆、現場に向かう野次馬のようだ。

通常なら約五十分の道のりが、緊急走行のおかげで三十分ほどで仙北郡美郷町安楽寺に到着してしまった。秋田市内からこんなに早く県南部に来られるとは。

僕は車内での粗相を何とかこらえ、急いで車外へ出ると思い切り深呼吸をした。一気に酔いが引いてゆく。教授はそんな僕を横目で見ると、

「良かったわね。車内で盛大に吐かなくて。吐いてたら、秋田県警の笑い者になってたわよ。――一応、検案鞄持って来てね」

そう言って、スタスタと規制線を越えて行ってしまった。警備の警察官が、慌てて教授に敬礼をした。

安楽寺児童公園は緑が多く、アブラゼミの大合唱に迎えられた。ブランコや滑り台などの遊具と公衆トイレもある。公園隣の広場が祭り会場だったようだ。

露店や飾られた提灯《ちょうちん》はそのままになっていた。昨日の内に撤去予定だったが、土砂降りの悪天候のせいで、作業は本日に延期になった。それが現場検証のため、そのまま保全されたのだ。

広場には小さな舞台も設置されている。住民による仮装カラオケ大会が催されていたという。

夏の楽しい祭りがこんな結果になってしまうとは、誰が予想しただろうか。

公園と広場入り口には規制線が張られ、周囲には近隣住民が集まり騒然としていた。夏休み中であろう小さな子供たちの姿もあり、不安げな表情で広場内を見つめている。

公園と広場に面した道路を挟んだ隣の田んぼでは、稲穂が揺れている。長閑な風景と緊迫した現場が隣り合わせで、何だか居心地が悪い。

県南部に来て豊かな自然に出会うと香西のことを思い出してしまうが、感傷に浸っている場合ではない。

規制線の向こうの広場に目をやると、何人かの捜査員や鑑識係がたむろしていて、教授と熊谷検視官の姿もあった。熊谷は僕と目が合うと、ひょいと片手を上げた。

規制線をくぐり、熊谷の元に駆け寄る。

「熊谷さん、お疲れ様です」

「南雲先生。遠いどご、しかだねぇんす。まんず、大変なごどになってしまってよぉ」

熊谷は広場の見取り図を教授に見せているところで、僕は横から覗き込んだ。

大仙警察署の警察官によると、露店は全部で六軒。その内、食べ物を売る店は四軒だったという。

「その四軒つうのは、焼きそばといか焼きの屋台、かき氷、フライドポテトとフランクフルトの屋台、綿あめの露店だんす。後の二軒は、くじ引きと金魚すくいだんすな。この六軒は外部の業者に委託してるんす」

地元の町内会では缶ビールとペットボトル飲料を販売し、ゴム風船すくいの企画を出していた。

広場東側に仮装カラオケ大会用の小さな舞台、その前にパイプ椅子の観覧席が三十席。観覧席の両脇には露店がそれぞれ三軒ずつ並び、町内会が用意した飲料の販売所と風船すくいは、舞台に向かってすぐ右側に位置していた。

「観客席北側には舞台側から、くじ引き、焼きそばといか焼き、かき氷の露店。南側には舞台側からフライドポテトとフランクフルト、綿あめ、金魚すくいの順だんしな」

夏祭りはおととい土曜日の午後六時から始まった。仮装カラオケ大会が午後六時半からスタートし午後八時に終了。祭り自体は午後九時にお開きになったようだ。

「不審者の目撃情報は、今のどご、全くねぇんすな。ここいらの地域は、みんな顔見知りみでぇなもんですな。祭りの写真や動画を撮影した人らを探して、提供してもらうつもりだども」

大仙警察署の若い警察官は、顔面から噴き出す汗を時折ハンカチで拭いながら現場の説明をしていた。今までに経験したことのない事件に遭遇し、かなり戸惑っている様子だ。

見取り図から顔を上げた僕は、広場全体を見渡す。規制線の向こう側の野次馬が少し増えた気がする。それぞれの屋台の前で事情聴取を受けているのは、各露店の関係者だろうか。

少し離れた所にも数人の集団がいて、各露店を見て回っている。大仙保健所の職員らしい。

その時、熊谷のスマートフォンの着信音が鳴り出した。電話に出た熊谷の表情がより険しくなる。会話の内容からして、今回の一件で治療中の人の容態を伝える電話のようだ。熊谷は電話を切った後、片手で顔を覆った。

「――上杉教授。入院中だった二名も、治療の甲斐ねぐ亡ぐなったずもの。これで、検案対象が六名になったんし……」

その場にいた全員が息を呑《の》んだ。やはり、ただの食中毒ではない。

「大仙警察署さ、先に亡ぐなった四人が搬送されで来てるんし。そろそろ検案さ向がうども、いいべが？」

「勿論《もちろん》よ。ここはもう一通り見たから、大仙警察署へ行きましょう。熊谷さんが運転してくれるの？　すぐに出発よ」

そう言うや否や、教授は足早に規制線の外へ出て行ってしまった。僕と熊谷も慌てて後を追う。

熊谷がステアリングを握り、僕と教授は後部座席に座る。助手席には僕らを連れて来てくれた運転手が座った。

六郷を走る間「名水」「清水」という看板がやたらと目に入る。

六郷は環境省が選定する名水百選にも選ばれた清水の名所だ。ニテコサイダーや流しそうめんが有名だが、流しそうめんはテーブルでぐるぐる回転する代物である。

アイヌ語で『水たまりの低地』という意味の『ニタコイッ』が訛《なま》って『ニテコ』になったらしい。ちなみにアイヌ語で『ニタイ』は『森林』、『コッ』は『水たまり』という意味だ。夏場になると、湧水群目当てに観光客が増えるらしい。

香西と旅した時、時間がなくて泣く泣く素通りした。二人で寄ってみるんだったな、と少し後悔した。

美郷町六郷安楽寺の現場から大仙警察署までは車で十五分ほどの道のりらしいが、熊谷が再び緊急走行をしたおかげで、十分も経過しない内に到着してしまった。大仙警察署の道路を挟んで向かい側が大曲農業高校らしい。さすが農業高校、敷地が広い。茶色いブレザー姿の学生らが、駐車場にいる僕らをジロジロ見ながら通り過ぎて行く。

警察署の受付ロビーに見知った人物がいて、緊張が緩み、思わず顔がほころんでしまった。

教授の夫で、歯科医の上杉秀世である。

白衣姿の秀世はソファから立ち上がると、僕らに片手を上げた。

「秀世先生じゃないですか！　県警から歯科鑑定依頼があったんですか？」

「んでねぇ。ニュース見で、オラさも何か手伝えるごどねぇがど思ってよぉ。永久子……いや、教授さ連絡して頼んだんだ。オラんどごは休診にして、自転車飛ばして来たでよ。いやぁ、しかし、あっちぃなぁ」

秀世は、ここ大曲の上大町《かみおおまち》で歯科医院を開業している。秀世が指差した先には、ミントグリーンの自転車が駐輪してあった。教授は、汗まみれの秀世に「ご苦労様」とタオルを差し出す。

「検案対象者が増えた。四名から六名。二名は、これから搬送されて来る。身元不明者はいないから、歯科鑑定の必要はないわ」

「あやや、しかだねぇ……。可哀想にな……」

秀世は顔を顰《しか》めて、両手を合わせた。

「猫の手も借りたいぐらいだったから、来てくれてありがたいわね」

教授の言葉に僕も頷く。

大仙警察署の女性警察官に案内され、僕らは霊安室へ向かった。後ろから、捜査員が五、六名ついてくる。

霊安室は地下にあり、階段を下るごとに涼しくなってゆく。女性警察官が軋《きし》む重いドアを開けると、線香の香りが漂って来た。正面に遺体用の冷蔵庫が上下に二段ずつあり、その前には祭壇とステンレス製の検視台が二組ずつ置かれていた。

霊安室には遺体用の冷蔵庫が四つしかなく、もう二体はエンゼルバッグにドライアイスを入れ、明日まで安置せざるを得ないらしい。

冷蔵庫の扉には遺体の名札が貼りつけられている。年齢も性別もバラバラだが、皆、美郷町六郷安楽寺周辺の居住者か所縁のある者だ。

「この四人に血縁関係はないんですよね」

僕の質問に熊谷が頷く。

「んだすな。後から来る二人も、全くの赤の他人だんし。顔見知りだった可能性はあるんしな。——一番最初に亡ぐなったのが、蛸島守康《たこじまもりやす》、八十三歳、男性だんしな。既往歴は殆どねくて、至って健康だったずもの。まんず、この人がら検案始めるべが」

熊谷が書類を見ながらそう言うと、捜査員の一人が冷蔵庫上段右側の扉を開け、ストレッチャーを引き出す。冷気と共にエンゼルバッグに入れられた遺体が姿を現した。捜査員全員で遺体を担ぎ、検視台に置いた。

エンゼルバッグのジッパーを開けると、小柄で痩せ細った高齢男性が姿を現した。顔面は蒼白で、口の周囲には乾燥した血液が付着していた。

蛸島守康は昨日の昼過ぎから手足のしびれと腹痛を訴え、その後吐血し、七転八倒して苦しみだした。大曲の病院に救急搬送されたものの、今日の未明に亡くなったらしい。

「亡ぐなった六人の中で、一番症状が酷《ひど》がったみでぇだな。——もう一体は、こっちさ載せでけれ」

熊谷がもう一方の検視台を指差すと、捜査員らが冷蔵庫の上段左側の扉を開けてエンゼルバッグを運んで来た。こちらはやたらと小さく、軽そうだ。

「この仏さんは海老名《えびな》大翔《はると》、今年の春に小学生になったばっかりの七歳の男の子だんし。夏祭りさは、両親ど小学校五年生の姉ど一緒に来て、この子だげ被害にあったんだど。まんず、可哀想になぁ……」

熊谷は海老名大翔の頭を撫《な》でる。

海老名大翔は、昨日の早朝から下痢と発熱の症状があったが、比較的軽かったため母親は風邪か食あたりかと思ったという。昨日の夕方に母親が運転する車で近所の小児科に向かっている最中に容態が急変した。母親は息子を抱きかかえ小児科に駆け込んだものの、その医院では治療に限界があり、救急車が呼ばれた。しかし、治療の甲斐なく搬送先の横手の病院で死亡した。救急搬送から、わずか一時間の出来事だった。

海老名大翔の肛門には出血した痕跡があった。

「二人とも、吐血や下血のせいで貧血調ね。顔面だけでなく、皮膚の色が全身蒼白だわ。――さて、蛸島守康から始めましょうか。私が四体を検案するから、南雲くんには後から来る二体を任せるわ」

一人で検案を任されるのは初めてだ。緊張で鳩尾《みぞおち》に鋭い痛みが走る。僕の不安げな表情に教授が気づき、

「私が一緒に遺体を視《み》るから、大丈夫。秀世先生は、私と南雲くんのサポートをお願い。熊谷さんに書記をお願いするわ」

「よし！　分がった」

秀世は白衣の袖を捲《まく》った。熊谷が自らの腕時計に目をやる。

「せば、午後三時三十分。上杉永久子教授による検案を始めます。――黙祷《もくとう》」

全員で黙祷を捧げた後、僕は教授にステンレス製の物差しと無鈎《むこう》ピンセットを渡す。

いつの間にか捜査員の数が増えていて、僕らは十人以上の警察官に取り囲まれていた。彼らの遺体を見つめる目つきは鋭く、より緊張感が増す。鑑識係がカメラで撮影するシャッター音だけが霊安室に響いた。

「皮膚の色は蒼白、粘膜は貧血調。右下腹部に十センチメートルの白色線状瘢痕。虫垂炎の切除術後ね。——損傷は全くない」

蛸島守康は手足が細いものの、腹回りには脂肪がでっぷりとついていた。一方の海老名大翔は身体が小さく、膝や腕に古傷があったものの新しい損傷はなかった。

メッタ刺しや暴行事件、高所からの転落など、身体に損傷が多ければ多いほど、検案に時間がかかる。今回はそれらが全くないので、一体につき一時間もかからなかった。

二体の検案が終わり、遺体が冷蔵庫に戻された。この時点で時刻は午後五時過ぎ。捜査員らが、もう二体を検視台の上に載せる。

「三体目の仏さんは魚沼妙子《うおぬまたえこ》、七十二歳、無職の女性だんし。日本舞踊仲間ら三名と祭りに参加し、仮装カラオケ大会にも出でらったんだど。高血圧、糖尿病の既往歴があるんすども、他に大病を患ったごどはねぇんすな。公園の近ぐで、家族六人暮らしだんし。昨日の未明から高熱と腹痛の症状が出でんすよ、自宅でそのまま意識混濁状態になったずもの」

　魚沼妙子は急激に症状が悪化し、昨日の昼前に救急車内で亡くなったという。高齢女性の割には身長が高く、白髪で上品な印象だ。

「四体目は、鮫田《さめだ》唯人《ゆいと》、三十二歳の男性だんし。東京の商社さ勤めでらんすども、夏休みで六郷の実家に妻子三人ど帰省してらったんだど。高校までは六郷さいだらしいな。既往歴はねぇんす」

　鮫田唯人は昨日の午前中から腹痛と嘔吐の症状が出ていたものの、食べ過ぎかアルコールの飲み過ぎと思い、市販の胃腸薬でしのいでいた。しかし、昨日の夕方に吐物に血が混じり、大曲の病院に救急搬送されたものの、搬送から数時間後に死亡した。

　鮫田唯人は身長が高く、全身が浅黒く日焼けし筋肉質だ。このような屈強な男性を死に追い込んだ原因は、果たしていかなるものだろう。

　教授は鮫田唯人の眼瞼《がんけん》と口唇をそれぞれ捲《めく》って覗き込む。

「この人は日焼けして皮膚の色が分かりづらいから、眼瞼と口唇粘膜を視たけど、やっぱり蒼白ね。出血が酷かったんだわ。あちらのご婦人も皮膚の色が蒼白だし」

「ガイシャの吐物や便が残ってれば、提出してもらうよう遺族には伝えてあるんし」

　鮫田唯人の検案の最中に、二名の遺体も搬送されて来た。僕の検案の番が近づいてきたせいで、再び鳩尾に痛みが走る。

後から搬送されて来た二名は中年男性と女子高生だった。

碇山譲《いかりやまゆずる》は五十六歳のタクシー運転手。家族とともに夏祭りに参加し、被害に遭ったらしい。昨日の昼前から腹痛と嘔吐の症状が出ていたものの、鮫田唯人と同様、食べ過ぎかアルコールの飲み過ぎと思い、仕事を早退した。しかし、本日未明に自宅で容態が急変。横手の病院に救急搬送され、搬送から数時間後に死亡した。

最後の犠牲者は、水越《みずこし》ののか、十七歳で地元の高校生だ。高校の友人らと夏祭りに参加したらしい。昨日の早朝から激しい下痢の症状が出ていた。高校は夏休み中だったが、昨日の午前中にバスケットボールの部活動に参加。その最中に体育館で倒れ、大曲の病院に救急搬送された。一時は回復しかけたものの、治療の甲斐なく、今日の昼に死亡した。

「検案は、南雲くんにバトンタッチね」

教授に物差しと無鈎ピンセットを渡される。僕の緊張を察した教授は、

「損傷がほとんどないから、大丈夫。いつも通りにやればいいわよ」

と、平手で背中を叩かれた。

確かに、碇山譲と水越ののかも損傷はほとんどなく、皮膚の色は蒼白だった。特に水越ののかにいたっては部活動で負ったと思われる古傷ぐらいしかなかった。教授の四体の検案をサポートしたはずなのに、いざとなると頭が真っ白になる。いたるとこ

ろで教授や秀世にアドバイスをもらいながらなんとか二体の検案を終えた。

六体の検案を終えた頃には、午後九時を過ぎていた。

「熊谷さんの言う通り、細菌性やウイルス性の食中毒ではなさそうね。症状が激烈過ぎる」

ウェルシュ菌やボツリヌス菌、サルモネラ菌は潜伏期間が最短で八時間ぐらいだが、出血はしない。腸管出血性大腸菌（O157など）は腸管から出血するが、吐血はしないはず。

「夏祭りの前に、亡くなった六人が同じ食事をしている可能性はない？」

熊谷に代わって大仙警察署の捜査員が、

「目下、捜査中だんすども、保健所からはそういった報告は、今のどごねぇんすな」

検案が終わった途端、大仙署の警察官の出入りが激しくなる。これから令状請求などの手続きがあるのだろう。

「教授。この六人の司法解剖をお願いできねぇんすべが？　明日で無理だば二日に分けでやってもらってもいいんす。遺族さは、こちらから説明して――」

「いいえ。明日、一気に六名やります。遺体の搬入は七時」

「えっ⁉」

僕と熊谷は、同時に驚きの声を上げた。

六名もいるのだから、さすがの教授でも二日に分けるだろうと高を括《くく》っていた自分が甘かった。僕が大学院生になってからの、一日の最高受け入れ人数が更新された。今までは五名だった。

「熊谷さん、大丈夫よ。南雲くんにも頑張ってもらうから」

「ええっ⁉」

僕は再び驚き、熊谷は僕の様子に苦笑した。

「私が最初の三名を執刀する。南雲くんには、後の三名を執刀してもらうわよ。勿論、鑑定嘱託は私だから、プレ執刀みたいなもんよね。今まで、何度かやって来たでしょ。熊谷さん、問題ないわよね？」

警察の中には、院生の執刀を快く思わない人物もいる。現に他の県では警察から「大学院生に執刀させないで欲しい」という通達が出ているという。大学院生だって医師免許を持っているにもかかわらず、やはりまだまだ信用がないのだ。

熊谷は教授の勢いに圧倒されたのか「まぁ……教授がついでるんなら」と、渋々承諾した。僕がいる手前、はっきり断れなかったのだろう。

「準備や後片づけ、書記は鈴屋さんに手伝ってもらう」

教授はそう言いながら、早くも鈴屋にスマートフォンでメールを打っていた。

「どれ。せば、オラも手伝いに行ぐがな？　久々の一大事だがらな」

秀世が妙に張り切っている。有事には頼りになる存在だ。気の弱い僕は逆で、どんどん元気がなくなっていく。いつか秀世のようになれるのだろうか。

「あら。それはありがたいわね。死体解剖資格を持ってるんだから、宝の持ち腐れにならないよう、その腕を遺憾なく発揮してもらわないと」

「昔取った杵柄《きねづか》だどもな」

秀世は秋田医科大に法歯学教室があった時代、法医学教室で解剖に携わり、死体解剖資格を取ったらしい。

「それじゃあ、私が執刀の時は、第一補助が南雲くんで、第二補助が秀世先生。南雲くんが執刀の時は、第一補助が秀世先生で私が第二補助に回るから」

「おう、分がった！　明日はよろしくな、南雲先生」

「こ、こちらこそ！」

秀世が歯科鑑定で解剖室を訪れることは今まで何度もあったが、一緒に解剖に入るのは初めてだ。果たして、秀世の解剖の腕前とはいかほどのものだろうか。

「でも、歯科医院は大丈夫なんですか？」

「明日は予約の患者が少ねぇし、事情話して休診にさせてもらうべ」

秀世は、これから大学まで戻る僕らと同行するらしい。明日の朝イチの電車でも解剖に間に合わないからだ。

大仙警察署は感染性の食中毒を疑っていて、熊谷ら秋田県警本部と協議の結果、特別捜査本部はまだ立てないことにしたらしい。

「んだがらよぉ、南雲先生、明日は頑張ってけれよ。捜査方針は、先生にかがってらど」

熊谷に相当なプレッシャーをかけられ、どんどん気が重くなってくる。

「外表に損傷が全くないだけマシよ。これが轢《ひ》き逃げとかメッタ刺し、高所からの転落だったら大変よ」

「んだんだ」

そんな会話をしながら大仙警察署の玄関を出ると、夜空に星が瞬いていた。昼間の熱気が嘘のように引き、少し涼しいぐらいだ。秀世は「遠征の準備をして来る」と言い残し、自転車で颯爽と去って行った。秀世を待つ間、夜空を見上げる。電灯が少ない分、星々が綺麗《きれい》に見えた。

「遠征なんて大袈裟なのよ。別に泊まりの準備なんかいらないでしょ」

教授は、そう言いながらも少し嬉しそうだ。

その時、両腕に強い痒《かゆ》みを感じた。白衣の袖を捲ってみると、多数の発赤があった。

——蚊の仕業だ。虫除けスプレーを忘れていた。教授はそんな僕を横目で見て、

「車酔いといい、虫刺されといい、南雲くんは準備が足りないのよ。私はスプレーし

て来たから、一ヶ所も刺されてないわよ」

教授は自慢げに両腕を見せつけてきた。蚊も新鮮な若者の血を好むのではないだろうか、と言いそうになったが、逆鱗《げきりん》に触れそうなので止《や》めた。

その内、秀世がタクシーで戻って来た。大きなスーツケースを引いていて、教授は「せいぜい一泊なのに、一体何が入っているのかしら」と呆れ顔だ。

「せば、秋田まで戻るべが」

車の運転席から熊谷が顔を出す。

教授が助手席、僕と秀世は後部座席へ乗り込み、車は大仙警察署を出発する。

大曲の街は暗く、夏の夜でもうすら寂しいが、星空だけは綺麗だった。

八月十日（火）

今日も長い一日になりそうだ。

昨晩は午後十一時近くに大学へ到着し、殆ど眠れないまま午前四時に起床。五時半には再び大学へ来ていた。

一人で院生部屋にいるのは落ち着かず、早々に解剖室へ来てしまった。解剖準備を進めていると、六時前に鈴屋も解剖室へ現れた。だいぶ張り切った様子で書記台のパソコンを起動させたり、カメラの充電を調べたりしている。終わると、他に手伝うことはないかと、僕に訊《き》いてきた。

「それじゃあ、試料採取用のチューブの用意をしてくれる？　後は医療廃棄用のゴミ箱を持って来て」

鈴屋は「分かりました！」と書記台から検査台へ移動しながら言う。

「私、興奮して眠れませんでしたよ。昨日からずっと、ニュースで大々的に放送されてましたから。あ、夏祭り会場や大仙警察署も映ってましたよ。やっぱり事件なんですかね？　六人も亡くなるって異常事態ですもんね」

「それは今日、解剖してみないと分からないよ。それより、テレビで放送されたからって、浮かれるなよ。また大学にマスコミが来るかもしれないし」

鈴屋は解剖事案がニュースで報道されると浮かれるので、僕はやんわりと窘《たしな》めた。

「──分かってます。この前みたいなことは、絶対にしません」

鈴屋の真剣な表情に安心した。

僕らが準備を続けていると、六時半前に秀世も解剖室へ姿を現した。モスグリーンの解剖着が渋くてよく似合っている。

「久々にタンスがら引っ張り出したでぇ。──樟脳臭《しょうのう》ぇな」

と、秀世は自らの匂いを嗅ぐ。確かに、防虫剤の香りが漂っている。

秀世は大学の職員寮に泊まったらしい。久々の夫婦水入らずかと思いきや、秀世は頭を掻《か》いて苦笑した。

「いやいや。ロクに会話してねぇよ。今日に備えで、二人どもさっさと寝でしまった。朝起ぎだら、永久子はもういねがったし。まぁ、仕方ねぇな」

確かに、僕が大学へ来た時には、既に教授室の灯《あか》りが点《つ》いていた。

「どれ、オラも準備手伝うで。六体もあるがらな。消耗品は足りるべが」

僕が指示を出さなくても、秀世は解剖器具の本数を数えながら新しいメス刃をセットする。さすが、手際が良い。

「秀世先生は、解剖に入るの何年ぶりぐらいですか？」

鈴屋がそう尋ねると秀世は首を傾《かし》げ、

「んだなぁ……。十年ぶりぐれぇがな？　大学院生がいねぇ時期もあったがら、そん時は永久子がらしょっちゅう呼び出されで、手伝ってらったな。腕が鈍ってねぇばいいども」

秀世はそう言いながら、自分の両腕をぶんぶんと振った。

「——おっと、もうすぐ警察来るんでねぇが？」

秀世が壁掛け時計を見上げている。つられて僕も見上げると、時刻は午前七時十分前だった。

程なくして、遺体搬入口が騒がしくなる。熊谷率いる秋田県警本部と、大仙警察署の警察官らが到着した。搬送車に限りがあるので、遺体は二体ずつしか運べないらしい。大仙警察署員の苦労が偲《しの》ばれる。

「二体ずつ運んで、二体目の解剖が始まったぐれぇに空の搬送車が大学を出発して、次の二体を乗せで戻って来るんし。ほんで、乗せで来た遺体と入れ替わりに終わった二体を乗せで戻って――を繰り返す予定だんしな」

と、熊谷は苦笑する。搬送車には保冷機能がないため、やはりドライアイスを多量に使用するらしい。

「車内は密閉されていますので、酸欠に気をつけてくださいね」

ドライアイスは二酸化炭素の固体だ。溶けたらすぐに気体になるため、車内で酸欠になる可能性がある。大仙署の警察官らは大きく頷いた。

その時、教授も解剖室に姿を現した。

「お揃いのようね！　それじゃ、一体目の写真撮影を開始して。南雲くんと秀世先生は遺体の身長と直腸温を測っておいて。私は着替えて来るから」

「一体目は誰からでしょう」

「検案した順番でやるわよ。蛸島さん、だっけ？」

最初に教授が蛸島守康、海老名大翔、魚沼妙子の三名を執刀し、その後で僕が鮫田唯人、碇山譲、水越ののかを執刀することになった。

法医解剖室の隣には四体分の遺体用冷蔵庫が設置されている。

大仙署の警察官は、海老名大翔の遺体をその冷蔵庫に入れ、蛸島守康を解剖台に載せた。鑑識係による写真撮影が始まる。メスを入れるまでの外表の観察は、検案の時とほぼ同じだ。

遺体の撮影は正面からで、全身、顔面のアップ、眼瞼、眼球、必要なら鼻腔内、開口器を使っての歯列正面アップ、口唇粘膜の上下、頸部の正面と両側。手は手掌と手背、足も足底と足背を撮影する。

特に手足は、溺死疑いの際に漂母皮形成を確認するのに重要で、鼻腔内は火災死疑いの際に煤《すす》の有無が重要になる。頸部は首吊りの際の索状痕や、首絞めの際の扼痕が重要だ。

正面の撮影が終わると、次は背面だ。背面は全身と後頭部、後頸部を撮影する。

写真は鑑定書に載せる重要な資料だ。ピンボケだったり、見たいところが写ってなかったりすると、支障をきたす。よって、鑑識係が重要な箇所を撮影する度、写真をチェックしなければならない。解剖室にモニターを設置している法医学教室もあり、撮影した写真がすぐ確認できるようになっている。当教室でもその案が出たが大学側から反対され、設置は見送られた。その時の教授の怒りようは凄《すさ》まじく、半日以上誰も近づけなかった。

遺体の撮影が終わると、僕は遺体の肛門に体温計を差し込んだ。秀世はメジャーで身長を測定している。蛸島守康の身長は百五十五センチメートルと、男性にしては小柄だった。五分後に遺体の肛門から体温計を抜く。温度は二十四度だった。大仙警察署の冷蔵庫から出された後、いくら空調がついているとは言え、保冷機能のない搬送車で夏空の下を搬送されてきたのだ。直腸温は室温に戻っていてもおかしくはない。

遺体の身長と直腸温を測定し終えた時、着替えを終えた教授が解剖室へ入って来た。一気にその場の空気が引き締まる。

教授はすぐに解剖台へ歩み寄り、遺体の右側の位置に着いた。僕は、遺体を挟んで教授の真向かいに立ち、秀世は僕の左隣に立つ。

「遺体の写真撮影は終わっているわね？　それでは、一体目、蛸島守康の司法解剖を開始します。――黙祷」

目を閉じ、今回解剖に付される六名の冥福を祈った。

「解剖開始時刻は午前七時三十分」

教授がそう言うと、大仙署の係長がホワイトボードに記入した。僕はすぐにステンレス製の物差しを教授に差し出す。

「男性屍。身長は百五十五センチメートル。体重五十二キログラム。栄養状態は良好。

皮色は前面で蒼白。死斑は……ちょっと、遺体の背面を見せてくれる？」

僕と秀世で遺体を横向けにし、教授側に背中を見せる。

「前面に直してくれていいわ。ありがと。死斑はかなり弱く発現してるわね。色は赤紫色、指圧により消褪しない。死後硬直は全身の諸関節で高度――」

鈴屋はミスをすることなく、教授の口述を正しくタイピングしてゆく。教授は「鈴屋さん、早くなったわね」と満足そうだ。褒められた鈴屋も嬉しそうに張り切っている。

教授は続けて、頭部と顔面、頸部と胸腹部を観察してゆく。メスを入れる前は外表の詳細な観察が基本で、検案の時以上に注意深く視てゆく。

「胸部正中に手掌面大の赤紫色変色斑。これは、心臓マッサージの痕ね。下腹部は青緑色調。腐敗変色と思われる。――夏場だし、もう腐敗網が出てもおかしくないけど、もしかすると消化管からの出血があるのかもしれない」

蛸島守康が亡くなって二十四時間以上経過している上に、この暑さだ。冷蔵庫で保存されていたとはいえ、腐敗はどんどん進む。しかも、出血している部分はより早く進行する。

左右の腕と足には古傷があるぐらいで何の損傷もなく、遺体前面の観察が終わった。次は背面である。警察官らに手伝ってもらい、遺体をひっくり返す。蛸島守康は軽く、数名で難なく背面にできた。

「背面も、特記すべき損傷なし。肛門周囲に糞便による汚染を認める。――この人も下血があったのね」

遺体の肛門周囲には血液混じりの糞便が少量付着していた。

「さて、背中と後頭部を開きましょうか」

教授の言葉に僕と秀世は頷き、外科用手袋の上から軍手を嵌める。僕は教授と秀世にメスと有鈎ピンセットを渡した。

「私が頭を開くから、南雲くんと秀世先生は背中をお願い」

教授は遺体の頸部から臀裂までを一直線に切開した。その後で教授は遺体の頭側に立ち、遺体の左耳介後部にメスを入れ、右耳介後部まで半円形を描くように頭部の皮膚を切開した。

僕は遺体の右側、秀世は遺体の左側に立ち、二人で背中の皮膚を捲ってゆく。秀世の手つきが予想以上に鮮やかで、驚きつつ暫《しば》し見惚《みと》れてしまった。

「秀世先生、早いっすね……！」

「ほほっ。腕は鈍ってねがったみでぇだな」

秀世は軽口を叩きながらも、あっという間に皮膚を捲ってしまった。負けずに追いつこうとするが、教授に注意されてしまう。

「南雲くん、メスで自分や人の手を傷つけるかもしれないから、焦っちゃダメよ！」

「はい……。すみません」

「マイペースを守りなさい」

　僕も解剖に入って二年目になり、少しは早く皮膚を切開できるようになったと思っていたが、まだまだだった。あと五体も残っているのに、早くも挫折した気分だ。

　解剖中にメスや針刺しでケガをすると、労災扱いになり、病院部の指針に従わなければならない。手続きや検査が面倒で厄介だ。それに何より、感染が怖い。

「昔、オラもメスで自分の指を刺したごどあるよ。メスの傷は痛えし、なかなが治らねぇんだ。しかも、遺体がB型肝炎で、暫くここの病院部さ通って検査繰り返したども、幸い感染しねがったな」

　こんなに腕の立つ秀世でも、解剖中にメスでケガをするのか。猶更《なおさら》気をつけなければならないと、背筋を伸ばす。

　背中を切開し終えると写真撮影をし、次は背中の筋肉を捲る。広背筋や肩甲骨を覆う棘上筋《きょくじょうきん》や棘下筋、肩甲下筋、脊柱起立筋をメスで捲った後は、骨膜剝離子で肋骨や肩甲骨、脊椎に付着した筋肉を剝がし、骨を綺麗に露出させてゆく。

　ここでも秀世の手つきは鮮やかで、十年のブランクがあるとは思えなかった。

「背面の皮下、筋層内に出血などの異状はないわね」

再度、遺体背面の写真撮影をし、背中の開検は終了だ。

教授が担当した後頭部も既に骨膜が剝がされ、綺麗に頭蓋骨が露出していた。

「後頭骨などに骨折なし。――さて、遺体を前面に戻しましょうか」

再び警察官らに手伝ってもらい、遺体を仰向《あおむ》けにする。

教授が遺体の前面皮膚をY字切開し、僕と秀世で胸腹部の皮膚を捲ってゆく。教授は頸部の皮膚を捲る。胸部の脂肪組織には僅《わず》かな出血があった。心臓マッサージの痕跡だ。

写真撮影の後、今度は胸部の筋肉を剝離させる。大胸筋、小胸筋――と捲ってゆく秀世のメス捌きは正確な上に鮮やかだ。

「骨折した骨も尖《とが》ってるがら、気をつけれよ」

秀世が遺体の肋骨を指差した。心臓マッサージのせいで遺体の肋骨は結構な本数が折れていた。特に高齢者は胸骨圧迫だけでも折れやすい。

肋骨の写真撮影を終え、秀世と二人、腹部の筋肉を捲り、腹腔内臓器を露出させる。

蛸島守康の内臓脂肪は意外に多く、腸管はガスで膨らんでいた。腹水は少量しか貯留していない。この間に教授は頸部の筋肉を捲り、甲状腺を露出させていた。

横隔膜が肋骨のどこの部位にあるのか高さを測ってから、肋骨剪刀で肋骨を剪断すると、両肺と心嚢《しんのう》が現れる。蛸島守康は煙草を吸っていたのか、両肺の所々に黒い斑点がある。これは煙草の炭粉が沈着したものだ。左右の胸腔内にも僅かな胸水が溜《た》まっていた。

「それじゃ二人とも、大腿静脈血の採取をお願い。その後は膀胱《ぼうこう》内の尿を見てくれる？」

大腿静脈血は薬毒物検査に使用する為、採取する。僕は秀世に注射筒を渡すと、メスで鼠径部《そけいぶ》の筋肉を剝がし大腿静脈を探る。向かい側の秀世は既に大腿静脈を探し当て、注射針を刺している。僕はなかなか見つけられず、内転筋群をズタズタにしてしまった。教授からの鋭い視線を感じ、そちらに顔を向けられない。見かねたのか秀世が、

「南雲先生。まずは大腿動脈を探せばいいべおん。そっちの方が太くて見つけやしい。大腿静脈は動脈のすぐ隣さくっついでるがらよ」

秀世の言う通り、大腿動脈はすぐに見つかった。その内側に大腿静脈が並行している。ほっとしてすぐに注射針を刺す。しかし、全然血液が引けない。秀世も僅か一ミリリットルしか採取できなかったようだ。

「出血のせいで、体内の血液が少なくなっているのね。仕方ないわ」

教授は、そう言いながら心嚢を切開し、心臓を摘出する。心臓の重さは二百七十グラムだった。

僕と秀世は続けて、遺体の膀胱を切開し尿が貯留しているかどうか視る。膀胱内は空虚で尿は採取できなかった。蛸島守康は病院搬送されたので、尿道カテーテルを入れられた可能性がある。

「さて、私は切り出し台に移るから、後はいつも通りよろしく」

教授はプラスチックトレーに入れた心臓を持って切り出し台についた。これから各臓器を切開し、詳細に調べるのだ。

「せば、南雲先生は胸腹部の臓器やってけれよ。オラは頭がら開けでぐがらよ」

秀世はそう言うと、遺体の頭側へ移動する。僕は肝臓から摘出を始めるが、一目見てその色の悪さに驚いた。通常は赤茶色の肝臓の所々が、白色になっていたのだ。

「──ああ、壊死してらな。余程、症状が激烈だったんだべ。しかもな、全ての臓器が貧血調だで」

秀世は、僕の手元を覗き込んでそう言った。

「心臓の動脈硬化は年相応で、特に異状はなかったわ。南雲くん、どんどん他の臓器を出して」

「分かりました！」

肝臓を摘出し終え、脾臓《ひぞう》、左右の副腎、腸管、左右の腎臓、膀胱や直腸、前立腺などの骨盤内臓器、胃と十二指腸、膵臓《すいぞう》と順に摘出し、それぞれの重さを測定し写真撮影をしてから教授に渡す。

　秀世はこの間、電動鋸《のこ》で頭蓋骨を鋸断《きょだん》し、硬膜に包まれた脳を露出させていた。驚くことに、硬膜に全く穴が空いていない。僕が褒めちぎると秀世は得意げに胸を張る。

「昔は、オラが一番、頭蓋骨を開けるのが上手《うま》がったんだで。硬膜外に血種はねぇな。撮影係さんよぉ、頭の写真撮影お願いします」

　秀世が声を掛けると、鑑識係は頭部を撮影する。それが終わると秀世は細型剪刀で硬膜を綺麗に切開し、脳を露出させた。硬膜下にも血腫はなかった。再び写真撮影の後、秀世は手早く脳を摘出して重さを量り、写真撮影の後で教授に脳を渡す。教授は脳を一目視て、

「加齢性の変化で萎縮してるわね。腐敗が始まっていて少し柔らかいけど、異状はなさそう」

　更に、僕が摘出を終えた各臓器を受け取った教授は、

「腎臓と脾臓も壊死しているわね。南雲くん、腸管お願い。それにしても、色が悪いわねぇ」

　と、大腸部分を摘《つま》み上げてまじまじと見つめる。確かに、腸管全体がどす黒く、内部で出血しているのがすぐに分かった。腸管をシートに並べて写真撮影し、腸剪刀で腸を切開して腸の内容物を確認する。腸に剪刀を入れた途端、どす黒い血液と液状の

便が流れ出してきた。

「出血性壊死ね。胃の中も酷かった」

教授はビーカーに入った液状物を覗き込み「固形物はないわね」と独り言を呟《つぶや》いている。どうやらビーカーの中身は、胃の内容物のようだ。

秀世は脳に続いて舌から気管、両肺を一塊で摘出している。

これで遺体は空っぽになり、解剖は終盤だ。

秀世が胸腔内を覗き込むと、何かに驚いた。

「教授、ちょっと来てけれ。これ、何だべ」

熊谷も秀世の手元を覗き込んだが、顔を顰めてすぐにその場を離れた。僕も胸腔内を覗き込む。遺体の壁側胸膜が、所々白くブツブツと肥厚していた。

「ああ〈胸膜プラーク〉ね。後で説明するわ。——これで一体目の解剖終了」

教授が検分を終えた臓器を、遺体の体内に戻し縫合を始める。秀世は縫合のスピードも速く、縫い目も綺麗だ。さすがである。

海老名大翔と魚沼妙子の解剖も滞りなく終了し、いよいよ僕の執刀である。時刻は既に午後二時を回っていた。やっと折り返し地点だ。空腹も尿意も感じず、よくぞ長時間立ちっぱなしに耐えられたものだ。

「いやいやいや……。さすがに、腰痛《いで》ぐなってきたな」

秀世はそう言いながら、腰を伸ばす仕草をした。「少し休んだほうがいい」と、椅子を勧めるが、片手をぶんぶんと振る。

「一度座れば、立てねぐなるがらよぉ」

秀世はそう言い、今度は両手を上げて伸びをすると、流しで解剖器具の洗浄を始めた。

魚沼妙子の遺体が搬送されて行き、解剖台が空いた。血液や筋肉片、毛髪が付着している。秀世が解剖器具を洗浄している間、僕と鈴屋、警察官らで解剖台の洗浄をする。この間、教授は書記台のパソコン前に座り、これまで鈴屋が打ち込んだ三体の解剖所見の誤字脱字がないかをチェックしている。

「次から南雲先生の出番ですね。頑張ってくださいよ」

「おまえ、プレッシャーかけんなよ……」

「南雲先生、緊張すると声が小さくなるので、大きい声でお願いしますよ。私、聞こえないと困りますし」

鈴屋が冗談めかして言った。僕は少し笑って、

「余計なお世話だよ」

解剖台を洗浄した後、四体目の鮫田唯人が解剖台に載せられる。すぐに写真撮影が始まった。

「それじゃ、南雲くん。執刀交代」

教授はそう言い、物差しを僕に手渡す。僕は、教授と秀世を交互に見て頷いた。秀世は「おう。頑張れよ」と、声をかけてくれた。

熊谷が不安げな表情で、

「やっぱり──南雲先生が執刀だんすか？」

「熊谷さん、何かご不満でも？」

教授は両手を腰に当て、熊谷の前に仁王立ちになった。熊谷は片手をぶんぶんと振って恐縮した様子だ。

「あ、いや……。何でもねぇんす……」

「分かってるわよ。院生に執刀させたくないんでしょ？」

「…………」

「警察がそんなこと言ってるから、若い法医解剖医が育たないんでしょうが！」

教授はヒートアップし、ホワイトボードをバンバンと叩く。マーカーとボード消しが音を立てて落下した。熊谷以外の警察官らは教授の剣幕に恐れをなしているようだ。

「解剖はね、多く入って手を動かしたもん勝ちなのよ！　若い内から、どんどん経験を積まないとダメなの。警察だってそうでしょ？」

「──確かに……。んだすな。所轄の若ぇ者がここで倒れで、迷惑掛けだごどもあるんしな」

「そうよ！　お互い様でしょ？」

興奮して呼吸が荒くなった教授は「ふんっ！」と大きく鼻を鳴らす。

僕と鈴屋、秀世は、ただ二人を見守るしかなかった。熊谷が「南雲先生、ごめんしてけれ」と謝ってきたので、どう応えていいのか分からず、慌ててしまった。

「ああ、いえ、そんな……」

「執刀、やってけれ」

「分かりました」

頷くと、僕の横で教授も満足そうに頷いている。

「それじゃ、南雲くん。気を取り直して始めましょうか」

「はい！」

解剖台に向き直る。

解剖台上の鮫田唯人は、身長百八十センチメートル、体重八十五キロと大柄で筋肉質だ。検案の時と同様、外表に損傷は殆どなさそうである。

遺体の写真撮影が終わると鈴屋は書記台に戻り、僕は遺体の右側に立つ。秀世が僕の向かい側に立ち、教授は遺体の頭側で、腕組みをしながら仁王立ちだ。――僕への視線が既に怖い。熊谷ら警察の視線も妙に気になってしまう。

「よ、四体目、鮫田唯人の司法解剖を開始します。開始時刻は午後二時三十分。——黙祷」

緊張のせいで声が掠《かす》れた。腹に力が入らない。

「男性屍。栄養状態は良好。皮色は前面で……蒼白」

「本当に蒼白？　日焼けしていて分からないわよね」

鮫田唯人は日焼けサロンにでも通っていたのかと思うぐらい、全身まんべんなく焼けていた。

「す、すみません。皮色は褐色。死斑は……」

秀世が警察官らと遺体を横向けにしてくれた。遺体の背面も褐色で死斑が分かりづらい。教授も背面に目を凝らす。

「よく視ると、うっすらと死斑が出ているわね。指で押してみると分かるわよ」

「は、はいっ！　し、死斑の発現は弱度。色は……紫赤色調。指圧により消褪しな……い？」

「もっと、自信持って言いなさいよ」

「はいっ！」

「返事だけは、元気いいのよねぇ」

「すみません……」

　続いて、遺体の顎関節や手足の関節を触ってみる。硬直は全身で高度に発現していた。

　僕は更に、頭部と顔面、頸部と胸腹部、外陰部、両腕と両足を観察してゆく。全部特記すべき損傷はなく、遺体を背面にしようとしたが――。

「南雲くん。損傷を見逃してるわよ！」

　と、教授の注意が入り、思わず背筋を伸ばしてしまった。秀世は「ありゃりゃ」と呟いた。教授は遺体の胸部を指差す。

「ほら、ここ。この人も心臓マッサージを受けているから、変色斑があるわよ。それに、肘窩《ちゅうか》と鼠径部の注射痕も所見を必ず取って」

　心臓マッサージも注射痕も、全て救急搬送された時の医療行為だ。これらの痕跡も見逃してはならない。

「すみません……」

「この人は肌が褐色だから分かりづらいけど、見逃しちゃダメよ」

　頷き、それらの所見を何とか取り終えた。

「私がまた頭をやるから、南雲くんと秀世先生は背中をやって」

　僕に頭を任せると遅くなると判断したのだろう。少ししょげながら、秀世と共に背中の皮膚を捲る。

三体目の魚沼妙子を解剖している間、鮫田唯人は冷蔵庫に入っていたので、かなり冷えている。夏場だというのに、皮膚や筋肉を捲る手が冷たくなってしまった。秀世も「ひゃっけぇな」「手ぇ、動がねぐなるな」と独り言を呟いている。

遺体の背面には異状がなく、開検が終わるとすぐに正面に戻された。秀世が三人分のメス刃を全部交換してくれた。

「それじゃあ、南雲くん。皮膚を切開して」

「は、はいっ！」

最初の皮膚切開は必ず執刀医でなければならない。前に補助者の僕が切開しようとして怒られた。別の法医学教室へ解剖見学に行った時は、補助者が最初に切開するなど、かなり自由だった。どうやら執刀医によって違うらしい。

Y字切開のため、左右の肩峰部から胸鎖関節を目指してメスを入れ、胸鎖関節から臍《へそ》を迂回し恥骨までを一直線に切開する。臍を切開する時は、遺体の左側を切開するのが基本だが、間違えて右側を切開してしまった。恐る恐る教授を見ると、呆れたような視線を寄越した。

「――今度は間違えないようにね」

「すみません……」

「さっきから謝ってばっかりね」

「…………」

痛い所を突かれた。熊谷が苦笑しながら「まあまあ、誰でも失敗はあるんしな」と慰めてくれた。

気を取り直し、僕は頸部の皮膚を捲ってゆく。胸腹部の皮膚切開は教授と秀世に任せた。頸部の皮膚を捲るとすぐに出て来るのが広頸筋だ。広頸筋は薄く、皮膚から剝がすのが難しい。よって、皮膚と一緒に捲ってしまうのが良いのだが、久々に頸部を担当したため、広頸筋はズタズタになってしまった。教授に再びジロリと睨《にら》まれる。

無言の圧力に首を竦める。

頸部の皮下に異状はなかったが、胸部正中の脂肪組織内には僅かな出血が見られた。心臓マッサージの痕だ。今度は見逃さずに所見を取った。

続いて、頸部と胸部の筋肉を剝離する。僕は続けて頸部の筋肉を担当した。太くて剝離しやすい胸鎖乳突筋、細長い肩甲舌骨筋――と、身体の外側の筋肉から順に剝がしてゆく。鮫田唯人は筋肉が発達しているので剝がしやすい。途中、外頸静脈を傷つけてしまい、そこから流血してしまった。再び教授の冷たい視線を感じたが、恐ろしくて目を合わせることができない。やっとのことで甲状腺を露出させた。

「南雲くん。メスの持ち方が縦になり過ぎなのよ。もう少し横に寝かせるようにすれば綺麗に剝がせるわよ。――秀世先生を見てご覧なさい」

秀世は流れるような手つきで、大胸筋や小胸筋を肋骨から剝がし、骨膜剝離子で鎖骨も綺麗に露出させていた。

「まあ、歯科医は骨の専門家でもあるしな。これぐれぇは朝飯前だ」

と、秀世は得意げだ。

鮫田唯人の肋骨に骨折は見られなかった。

遺体の肋骨の写真撮影後、教授が腹部の筋肉を切開し、腹腔内を露出させた。僕は教授の手元を覗き込む。

「鮫田唯人の腸管も暗赤色ですね……。色がかなり悪いです」

「前の三体と同じね。南雲くん、見て。肝臓もだいぶ白く変色してるわよ。——これも壊死ね」

鮫田唯人の内臓脂肪は少なく、腹腔内の臓器がすぐに見渡せた。小腸や大腸はどす黒く変色している。赤褐色の腹水が少量溜まってはいるものの、腸管の破裂などはなさそうだ。

「うーん……」

僕は考え込んでしまった。

「南雲くん、どうしたの？」

「いえ、ちょっと……」

以前読んだ毒物関係の論文で、今回と似たような事案があった気がする。それが何か思い出せず、朝からモヤモヤしていた。教授に言うべきかどうかも迷っている。もしかしたら教授は既に六名の死因に気づいているかもしれないのに、余計なことを言って惑わせたらいけない。

「南雲先生、そろそろ肋骨を取ってもいいべが？」

「あっ、はい。お願いします」

秀世と教授は肋骨剪刀を手に取ると、それぞれ左右の肋軟骨を剪断して肋骨を取り去った。胸腔が露《あら》わになり、左右の肺が現れた。この時点で心臓はまだ心嚢に包まれているので見えない。鮫田唯人も煙草を吸っていたのか、肺は炭粉の沈着が多い。煙草を全く吸わない魚沼妙子の肺は、綺麗なピンク色だった。

「左右の胸腔内には、淡褐色の胸水を少量認める」

ここで教授は左右の胸腔内を覗き込んだ。熊谷もつられて覗き込む。

「なしたんだべ？　教授」

「うん、ちょっとね。六体全員の解剖が終わってから説明するわ」

「それは、死因に関係あるんしか？」

「いいえ。ないと思うけど……」

教授は何か発見したようだ。何も気づいていない僕は焦る。

「そう言えば、熊谷さん。秋田市内で頻発してた動物殺しの事件は解決したの？」

「いや……。まだだんし……」

熊谷の口調が急に重くなる。動物殺しは八月に入ってからぱたりと止んだ挙句、犯人はまだ見つかっていないらしい。しかも、殺害に使われた毒物の特定もできていないとか。

「犯人は、もう秋田市内にはいないんじゃないの？」

「んだがもしれねぇすな……。他の地域で同じ事件起こされたら、厄介だんすな」

教授は熊谷と会話しながらも「ほら、次は心臓でしょ」と、もたもたしている僕にハッパを掛けるのを忘れない。更に「大腿静脈血の採取をお願い」と、秀世にも指示を出し、これではどちらが執刀医か分からない。

教授は二本の鉗子《かんし》で心嚢を摘む。僕がその摘まれた箇所を剪刀で切開すると、心臓が現れた。心嚢内には黄色透明の心嚢液が少量溜まっているが、心臓の大きさは普通で異状はなさそうだ。

下大静脈や左肺動脈を切断し、心臓を摘出する。重さは三百グラムちょうどだった。

続いて、心嚢内に溜まった心臓血を採取した。心臓血は暗赤色だったが、凝血が多い。これは急死ではなく、ゆっくりと亡くなった遷延死を示している。逆に急死だと心臓血に凝血はなく、サラサラしているのだ。

秀世は手際よく大腿静脈を露出させて注射針を刺したものの、大腿静脈血がうまく引けないようだった。

「やっぱり血液はなかなか取れねぇな。これしか取れねぇども、大丈夫だが？」

秀世が血液の入った注射筒をこちらに見せる。それでも五ミリリットルは採取できていたので、僕は頷く。

「それじゃあ、南雲くん。各臓器の検分に移ってちょうだい。秀世先生には胸腹部臓器の摘出をやってもらいます。私は頭をやるわ」

「ほいきた」

僕が心臓の切り出しでもたもたしている内に、秀世は肝臓と脾臓、左右の副腎まで摘出していた。切り出し台の横のスペースには、プラスチック製のバットが積み上げられて行く。バットの中には、秀世が摘出し、写真撮影まで終えた臓器が入っているので、かなり焦る。これらの臓器を一個ずつ僕が視ていかなければならないからだ。

教授は早くも頭蓋骨を電動鋸で鋸断している。

遺体の心臓には特に異状がなく、続けて肝臓を手に取る。肝臓の一部は壊死を起こしていた。

「壊死ね。前の三体と同じ」

いつの間にか教授が隣にいて、僕が切開した肝臓を持ち上げ眺めていた。

「ああ、脳の摘出終わったから。硬膜外と硬膜下に出血はなかったわ。腐敗が始まって柔らかくなってはいたけど」

「早っ！」

「左右の腎臓ど脾臓も壊死してらっけど」

振り向くと、秀世はとっくに頸部器官と両肺の摘出を終えていた。腹部大動脈から総腸骨動脈までの摘出に取り掛かるところで、それが終わると胸腔と腹腔は空っぽだ。こちらも早過ぎる。

上杉夫妻はやることがなくなったので、僕の周囲をウロウロし、臓器の切り出しに口を挟み出した。鈴屋には僕の声が聞こえないと注意されるし、散々だ。

「先生方のどちらか、腸管を開いていただいていいですか？」

恐る恐る二人にお願いすると、秀世が「あいよ」と腸管の入ったトレーを持って写真撮影台に向かう。そこで写真を撮影した後、腸剪刀で腸管を開き始めた。

「あややぁ！　この人も血便が酷いでよ。腸管粘膜も壊死してらな。南雲先生、視てけれよ」

秀世が呼ぶので、教授、熊谷と共に写真撮影台に向かった。確かに、腸管粘膜はどす黒く壊死し、腸管内は粘血便が充満している。

「やっぱり……」

と、三人とも絶句した。

「この人も、腸管粘膜は出血性の壊死ですね」

「恐らく胃粘膜も相当でしょう。南雲くん、胃を開いてみてよ」

胃をまだ開いてなかったので、慌てて切り出し台に戻り、胃が入ったバットを手元に引き寄せる。噴門部と幽門部が鉗子で留められているので、片方を外し胃の内容物をビーカーに注ぐ。三百ミリリットルほどの量だったが溶液の色はどす黒く、固形物は少なかった。胃を大彎側から剪刀で切開して開き、粘膜面を広げる。胃粘膜も出血性の壊死を起こしていた。

「──胃の内容物は、ほぼ血液ね。胃粘膜からの出血だわ」

胃粘膜を視た教授がそう言い、僕は頷く。

「家族の証言によれば、鮫田唯人は吐血が酷かったらしいがらな」

熊谷が鮫田唯人の自宅の写真を見ながらそう言った。

「これだけ消化管の色んな所から出血していたら、輸血が間に合わないですね……」

胃の内容物も写真に撮り、一部をプラスチックチューブに採取した。

教授と秀世、そして鈴屋の叱咤激励のおかげで、何とか一体目の執刀を終えた。あと二体もあるかと思うと気が重い。

僕が書記台のパソコンで解剖所見を直している内に、教授と秀世は驚異的なスピードで縫合を終えていた。さすが夫婦だけあって息が合っている。しかし、縫合が早過ぎて二人の手元が残像のようだ。警察官への指示も的確で、警察官らは軍隊のようにキビキビと動いている。早くも次の遺体の準備が整いつつあった。

時刻は既に午後五時になろうとしている。思わず長い溜息をついてしまった。秀世の言う通り、一度座ってしまったら、立ち上がるのが嫌になった。

五体目は碇山譲。五十六歳の男性だ。

身体は少し肥満気味だが、この人も全身蒼白で目立った損傷はない。既往歴は胆石で、数年前に腹腔鏡手術で摘出したらしく、胆嚢がなかった。内景所見は最初の四体とほぼ同じで、消化管の出血や一部の臓器に壊死が顕著だった。胃の内容物は百ミリリットル程度で、目立った固形物は米飯のみだった。

この人にも胸膜プラークがある。壁側胸膜と横隔膜が、所々白くブツブツと肥厚していた。蛸島守康よりもプラークが広く分布している。

六体目は水越ののか、十七歳。女性だ。小学生の頃に虫垂炎による虫垂切除の既往歴があるだけで、いたって健康体だった。内景所見はやはり他の五体とほぼ同じだが、胃の内容物は黒褐色の液体が五十ミリリットルしかなかった。朝食を食べずに部活動へ出掛けたのだろう。

水越ののかの遺体を見送った時、時刻は午後九時半を過ぎていた。

泥のように疲れていたが、やり切った爽快感もあった。それは鈴屋も同じらしく、上機嫌で医療廃棄物のゴミを片づけている。

「南雲先生、執刀お疲れ様でした」

「ああ、サンキュ……。鈴屋もお疲れ」

「これで明日も解剖あったら、大変ですよね」

「冗談でもやめてくれよ」

熊谷や教授からは明日のことは聞いていない。と、言うことは、解剖はないのだろう。正直、助かった。足がもつれて長靴が重く感じる。

秀世は疲労がピークになるとハイになる質のようで、いつにも増して多弁になっている。

「南雲先生。この後、秋田駅前まで飲みに行ぐが？　久々に二人でよぉ。オラ、奢るがらよ」

「これから駅前まで出る元気はありませんよ……」

蚊の鳴くような声でそう答えると、秀世は「若ぇのに情けねぇ」と笑った。

秀世と鈴屋、三人で法医学教室へ戻ると、教授と熊谷、大仙署の係長が死因について協議の真っ最中だった。

「ああ、みんなお疲れ様。ちょうどいい所に来たわね」

僕は糸の切れた操り人形のように、椅子へ腰を下ろす。「相当疲れているわね」と、教授が呆れたように笑う。そんな教授は疲労の様子が全くない。どれだけタフなんだ。

「当初の予想通り、細菌やウイルス感染の食中毒ではないわね。潜伏期間が短い食中毒菌もあるけど、いずれも症状は軽く済むはずだから」

死因を決めかね、悩んでいるようだった。

「腸管出血性大腸菌の可能性はどうでしょう？　そこから溶血性尿毒症症候群（HUS）を起こしたのではないでしょうか」

腸管出血性大腸菌に感染すると、約十パーセントにHUSの合併症が出る。腎臓の血管が、細菌の放出するベロ毒素によって障害を起こすのがHUSだ。

「腸管出血性大腸菌に感染した場合の潜伏期間は三日から五日程度よ。今回はせいぜい半日。しかもHUSの症状は乏尿と浮腫とヘモグロビン尿。六名にそんな所見はなかった」

僕の意見は、教授によってあっさり否定された。

「六名に共通する解剖所見は、こうよね」

と、教授はホワイトボードに所見を書き連ねてゆく。

外表は主だった損傷なし。医療行為を受けた痕跡のみ
消化管の出血性壊死
肝臓、脾臓、腎臓の壊死
胃の内容物は六名バラバラで共通点なし

細菌やウイルス感染で、このような解剖所見は見たことがない。感染でないとすればあとは毒物の可能性だろうか。

「セアカゴケグモとか、ヒアリとか、有毒生物に刺された訳じゃないですよね」

鈴屋が荒唐無稽なことを言いだしたが、教授は怒ることなく、

「違うわね。刺し口が全然なかったもの。あれだけ激烈な症状を引き起こす毒を持った生物なんて、日本にいないんじゃないかしら。――鈴屋さん。世界で一番人を殺している生物は何だと思う？」

「ええと……。ヘビとか？　あっ！　クモ！」

「正解はね、蚊よ。蚊の次がヘビ。惜しかったわね」

「なるほど！　蚊が媒介する感染症で、たくさんの人が亡くなっているってことですか？　マラリアとか」

「今度は正解。マラリア、デング熱、ウエストナイル熱、日本脳炎なんかそうね」

熊谷は二人の会話を「ほっほー、蚊取り線香焚《た》がねぇばね」と、感心しながら聞いている。

鈴屋と教授の会話が死因から少し脱線したところで、僕は何かに引っ掛かった。思い出せそうで思い出せない。

クモ？　蜘蛛。足が八本、腹の模様はクモの種類によって違う——。

クモの……腹！　クモの腹に似ているあれは——。

「あっ！」

僕が急に大声を上げたものだから、さすがの教授も驚いていた。

「どうしたのよ、南雲くん。ビックリした」

「き、教授！　り、り——」

「り？」

「〈リシン〉の可能性は⁉」

僕はそう言い残し、脱兎《だつと》のごとくミーティングルームを飛び出す。院生部屋の自分の机に駆け寄ると、論文の山を漁る。山が崩れて書類が床に散乱したが、その中に目的の文献を見つけた。拾い上げ、散らばったままの書類もそのままに、ミーティングルームへ戻る。教授は「リシンね！　なるほど。それなら、あり得るわ」としきりに頷いていた。

「僕が読んだ論文はこれです」

と、持って来た文献をテーブルに広げる。海外でリシンが使われた暗殺事案などを紹介した和文の論文だ。教授は目を通しながら、満足げに頷く。

「マイナーな毒物だから、全く思い浮かばなかったわ」

熊谷と大仙署の係長は怪訝《けげん》な表情だ。

「聞いだごどねぇっすな、リシンなんて……」

熊谷の言葉に「私も」と鈴屋が頷き、興味津々の様子で教授が読み終えた論文を手に取る。

「リシンはトウゴマがら取れるんだべよ」

「秀世先生、さすが」

僕は咳払《せきばら》いをし、リシンについて今まで得た知識を披露する。

トウゴマは熱帯では多年草だが、日本のような温帯では種子からヒマシ油を搾るために一年草として栽培されている。種子は一センチメートルほどの楕円形でクモの腹に似ているのだ。

トウゴマの種子を圧搾して得られる油がヒマシ油で、ヒマシ油は下剤や整髪料の原料になる。搾りかすには猛毒のリシンが含まれる。その毒性は、青酸カリの五百から千倍。トウゴマの種子を数個食べただけでも、死に至る恐れがある。国によっては化学兵器として特別な管理下に置かれるほどの猛毒。更に恐ろしいのは、解毒剤がないことだ。

リシンを摂取すると起きる症状は、嘔吐、吐血、胃痛、血性下痢、排尿・排便痛、手足のしびれなどで、今回の六名の症状と一致する。

「青酸カリの千倍！　いやいや知らねがったな」

熊谷は驚いた様子で、自らの額を片手でぴしゃりと叩く。

「南雲くん、お手柄じゃない！　よく気づいたわね。南雲くんの専門が毒草で良かった」

と、教授に平手で背中を叩かれた。疲労困憊の身には応える痛さだが、褒められたのは嬉しい。

「鈴屋が『クモ』と言ったから、思い出したんだよ。サンキュ」

鈴屋は「私は別に。何となく言っただけで」と、唇を尖らせながらも嬉しそうだ。

顔面が真っ赤だが、のぼせやすい質なのだろうか？

「いや、でもまだ、リシンと特定された訳ではないので……」

謙遜すると、教授はいたって真剣な表情で、

「被害者たちの亡くなるまでの経緯が、リシンを摂取した症状と全く同じよ。犯人はトウゴマの種子を手に入れた可能性がある」

教授は死因を全て「毒物摂取による中毒死疑い」とし、症状からリシンの可能性が高いとした。

「せば、秋田県内でトウゴマを入手、栽培した人物を探すんし。しかし、ホシは何とやって被害者らにリシンを投与したんだすべ……？」

「夏祭りでの六名の足取りはどうなの？　同じ飲食物を摂取してないの？」

教授の質問に熊谷は苦々しい表情になり、

「んだっすおの。蛸島守康と魚沼妙子は夏祭り会場に行ったものの、何も食ってねぇごどが分がったし、海老名大翔は家族全員で焼きそばどかき氷食ってらのになぁ。鮫田唯人はいか焼きとフライドポテト、缶ビール二本だんすな。水越ののかは高校の友人らど一緒に金魚すくいとくじ引きやって、フランクフルト食ったらしい。碇山譲は焼きそばど缶ジュース一本」

六名に共通するのは、夏祭りに行ったという事実だけか。

「夏祭りがら一日以上経過しちまって、胃の内容物は当でになんねぇしなぁ」

確かに、六名全員の胃の内容物はバラバラで、空っぽの者もいた。

「ビールやジュースの飲料を販売してらった屋台も、重点的に捜査するんし」

と、大仙署の係長は頷いた。大仙警察署には特別捜査本部が設置されるという。

「現場の状況がら言って、流しの犯行でねぇんしな。土地勘のある人物だべおん」

確かに、竿燈まつりのような大きな夏祭りならまだしも、地域の小さなお祭りなどいつどこでやってるのか分からない。それを狙うということは、その土地に所縁《ゆかり》のある者だろう。

「熊谷さん。一つ、気になることがある。一部の遺体に共通点があったのよ」

「ほう。何だすべ」

熊谷と大仙署の係長が身を乗り出した。

「三名の遺体に〈胸膜プラーク〉があったことよ」

胸膜プラークは石綿（アスベスト）を長年吸引したことにより、壁側胸膜が白く不規則に肥厚する良性疾患だ。症状はないか、あっても軽度だ。

「ああ、あの、白くブツブツした……」

熊谷は顔を顰める。どうやら、集合体恐怖症らしい。

「三名どは、誰だんすべ？」

「私が執刀した蛸島守康、魚沼妙子と、南雲くんが執刀した碇山譲。六人中三人も胸膜プラークがあるのは、確率が高すぎる」

教授は「無差別と見せかけて、何か共通項のある者が狙われた殺人ではないか」と疑っているのだ。

「その三人は、過去に長期間にわたって石綿を吸った可能性がある」

「なるほど……。分がったんし！　職歴を調べるんし！」

熊谷は勢いよく自らの手帳を閉じる。「リシン」と「胸膜プラーク」の情報を得た熊谷と大仙署の係長は上機嫌で帰って行った。

熊谷らが帰ったのは、午後十時過ぎ。僕の足腰は金属のように重く、椅子から立ち上がれない。やり切った爽快感は解剖直後だけだった。

教授は「あぁ、疲れた」と言いながら椅子から立ち上がり、

「南雲くんの解剖の腕はまだまだだね。まあ、でも、リシンを特定できたし、今日は頑張ったんじゃない。三人とも、お疲れ様」

と、笑顔のまま教授室へ姿を消した。

やけに静かだと思ったら、秀世は座ったまま寝ていた。器用だ。

「秀世先生、起きて下さい。帰りますよ」

肩を揺すると、秀世は「おっ？」と、身体を震わせて目を覚ました。

「で？　リシンはよ？　何となった？」

「その話は、とっくに終わりましたよ。警察も帰りました。先生は、今日も職員寮にお泊まりですか？」

「んだ……」

秀世はさっきまで「飲みに行こう」と威勢が良かった癖に、今は完全に寝ぼけ眼だ。

やはり疲れたのだろう。秀世は「大丈夫だでぇ」「一人で歩げる」とは言うものの、足腰が立たない。

鈴屋に目配せをすると、二人で秀世の腕を引っ張り上げ、職員寮まで送って行くことにした。まるで酔っ払いの介抱だ。

僕と鈴屋は、再び顔を見合わせて笑った。

八月十二日（木）

美郷町六郷で発生したリシン中毒疑いの司法解剖が終わってから早二日。昨日と今日は幸いにも解剖が入らず、平和だった。僕と鈴屋はそれぞれ実験やデータのまとめなどに勤《いそ》しんでいた。

登校して早々、再び聞き覚えのある足音が彼方から聞こえると思ったら、教授が勢いよく院生部屋へ飛び込んで来た。かなり興奮気味だ。

とはいえ、いつものことだ。僕らの教授への反応は薄い。教授は面白くなさそうな表情で「ちょっといいから聞きなさいよ。大変なことが分かったの！」とまくし立てた。

「おととい司法解剖した六名全員から、リシンが検出されたの」

「ええっ！」

「本当ですか⁉」

さすがに驚いた。自らの推理が当たり、僕は嬉しさを隠せない。「やったじゃない！」と、再び教授に背中を平手で叩かれた。

「更に、驚きのニュースよ」

秋田市内で不審死した動物たちからも、同じくリシンが検出されたというのだ。

「やっぱり、動物は実験のために殺したのね。動物の命を軽視するなんて」

と、憤慨する教授に僕らも頷いた。犬好きの鈴屋は、教授にいたく同調している。

「本当ですよ！　自分より小さくて弱い者を虐《しいた》げるなんて最低です」

「そうね」

教授は、空いている椅子にどっかと腰かけた。院生部屋に居座るつもりらしい。

「もし、無差別殺人をするなら、手っ取り早い方法は何かしら？」

「そうですねぇ……。僕は体力や腕に自信がないので、刃物や銃器は使いません。やはり、毒物が手っ取り早いんじゃないでしょうか」

「なるほど。南雲くんは秋田県内の有毒植物を研究しているだけあって、毒物の扱いが得意だものね。鈴屋さんは？」

鈴屋は首を傾げて少し考えた後、

「空港や駅とか、人の集まる場所でライフルを乱射しますね。あとは……放射性物質を撒《ま》くとか。結構な人数が死にますよ。その代わり、自分も被曝する可能性も高いですが」

顔色一つ変えず、あっけらかんと答える。更に鈴屋は、

「でも殺害するなら無関係な人ではなく、自分を嫌な目に遭わせた人に復讐した方がスッキリしますよね！」

「鈴屋、おまえ……」

「鈴屋さん、あなた……」

鈴屋の発言に絶句してしまった。しかし、教授はすぐに気を取り直す。

「確かに、無差別殺人はエネルギーの無駄遣いよね。失敗したら元も子もないし。鈴屋さんの言う通り、やっぱり今回の事件も、復讐によるものではないかしら？　不特定多数の人物を狙ったにしては、地域を限定し過ぎているのよ。後は、胸膜プラークが鍵ね」

その時、教授のスマートフォンに熊谷検視官から連絡が入った。教授はスピーカーにして熊谷の声が僕らにも聞こえるようにした。電話越しの熊谷の声は、少し弾んでいる。

「夏祭り当日、不審者の目撃情報が出たんし！」

祭り開始の直前、河童《かっぱ》の着ぐるみの人物が、カラオケ大会のプログラムと飴玉を会場の入り口で配っていたとの目撃情報があった。その人物は着ぐるみを着たまま、何軒かの家を訪れ、同じ物を渡していたという。主催者側はその人物を雇った覚えがなく、ボランティアか地域住民の誰かと思い、誰も不審がらなかった。

「河童……。どうして河童だったのかしら。六郷は河童が有名なの？」

教授にそう訊かれ、僕は首を傾げる。教授は河童がいたく気になるらしい。

「いえ……。聞いたことないです。河童の出没地で有名なのは岩手の遠野《とおの》じゃないでしょうか」

「オラも知らねぇんすな。秋田の民話さなば、たまに出て来るどもな」

「六郷は水の綺麗な土地だから、水に住む河童に化けたとか」

と、推理してはみたものの……河童に意味があるとは思えない。

「――それでっすよ、その人物からもらった飴っこを、今日になって食った女子中学生が急に苦しみ出してんすよ、大曲の病院に搬送されだんし」

その女子中学生は、味がおかしいことに気づき、すぐに吐きだしたため、軽症で済んだようだ。大仙署はもらった飴玉を食べずにすぐ警察へ届け出るよう、その地域に通達を出した。

「教授のおっしゃる通り、胸膜プラークが見つかった三名は、地元の株式会社沢渡工業に勤務していだっけ！　何と、他の三名も、家族や親戚がその会社さ勤務していだっけな。──ついに出だんしな、被害者の共通点が！」

仙北郡美郷町六郷鶴巻《つるまき》に所在する株式会社沢渡工業は解体工事業を営む会社らしい。やはり、石綿に関係する会社だった。

「その会社が過去に何らかの事件を起こしてないか、調べる必要がありそうね」

「んだっすな。大仙署は、沢渡工業の関係者さ聞き込みに行ぐんし」

熊谷は次の検視が入ったとかで、早々に電話を切った。

「さて、過去の鑑定書を探してみようかしら。解体業者なら労災とかありそうね」

教授は「よっこらしょ」と立ち上がる。

「僕も手伝います！」

「私も」

僕らは、法医解剖室へ続く渡り廊下の手前にある書庫へ向かった。ここは古い鑑定書や使わなくなった実験器具などの物置になっている。窓は山積みのダンボール箱で覆われ、日光が当たらない。とてもカビ臭く、誰もが来るのを嫌がる。

花粉症の鈴屋は、埃《ほこり》アレルギーでもあるらしく、くしゃみが止まらない。僕と教授は「無理をするな」と止めたのだが「私も探す」と譲らない。

「──分かったよ。好きにしたらいい。ところで、教授。どうやって探します？　途方もない作業になりますよ」

現在、当教室の年間解剖数は約二百体。どれぐらい過去まで遡《さかのぼ》ればよいのだろうか。

「思い出したのよ。二人とも、三十年前の前後数年間の鑑定書か解剖台帳を探してちょうだい」

「何を思い出されたのですか？」

三人でダンボール箱を漁り、目的の鑑定書や解剖台帳、事件概要のファイルが入った箱を見つけてゆく。解剖台帳とは、司法解剖に付された人の名前や性別、年齢、担当した警察署などが簡易的に書かれているノートである。

「三十年ぐらい前、トウゴマの種子を飲んで自殺した男性がいたはず。珍しかったから思い出したのよね。制汗剤を吸って自殺する人もいるぐらいだし、――人は死のうと思ったら、正常な判断ができなくなるのよ」

と、教授は鑑定書を捲る手を止めることなく、しみじみ語る。思い当たることがあるだけに、その言葉が重い。

「あった！　これだわ」

教授は鑑定書のとあるページをポンポンと叩く。埃が舞い上がり、再び鈴屋のくしゃみが止まらなくなった。僕は教授の手元を覗き込む。

「磯貝繁之《いそがいしげゆき》。享年三十六……。執刀は当時の教授ですね」

「あっ！　この人、株式会社沢渡工業に勤務していたみたいですよ！」

鈴屋がハンカチで口を覆いながら、事件概要を指差す。

磯貝繁之は、職場でのパワハラが原因でうつ病になり、自殺していた。最初は死因が分からなかったため、ここの法医学教室で司法解剖に付された。自宅にトウゴマの鉢があり、リシンによる中毒死が疑われ、血液と胃の内容物からリシンが検出されたのだ。

内景所見は、今回解剖に付された六名とほぼ同じだった。

鑑定書を読み終えた教授は、深い溜息をついた。

「全てが繋《つな》がったわね……」

教授は白衣のポケットからスマートフォンを取り出すと、早速この件を熊谷に報告した。

八月十三日（金）
夕方、大館まで検視に行っていた熊谷が再び法医学教室へ姿を現した。大量のアイスが入ったレジ袋を両手にぶら下げ、満面の笑みだ。
熊谷はミーティングルームへ入って来るなり「テレビを点けでみでけれ」と得意げ

に言う。テレビの電源を入れると、午後のニュース番組が映し出された。

思わずテレビにかじりつく。教授も「何の騒ぎ？」と教授室から出て来た。

テレビ画面には秋田市内の住宅街が映し出されている。鈴屋が指差し「ここ、通ったことある！」と興奮気味だ。

古いアパートの一室から、痩せぎすの青白い男が出て来た。すぐに捜査員に囲まれ、俯《うつむ》き加減で歩いている。男の伸び放題の髪はボサボサで、目の下のクマも髭《ひげ》も濃い。マスコミが取り囲み、カメラのフラッシュを浴びせている。男の手元は白いタオルで隠されていた。

磯貝繁之の息子である磯貝素之《もとゆき》が、今日の早朝に緊急逮捕されたのだ。

「あら、容疑者が逮捕されたのね！　お疲れ様でした」

「いや、教授を始め法医学教室の皆さんのおかげだんし」

熊谷からもらったアイスを冷凍庫に入れようとしたが、全部は入りきらず、ありがたくその場でいただくことにした。

「でも、いいの？　県警が大忙しの時に、ここで油を売ってて」

「後は捜査一課ど大仙署さ任せるがら、何てもねぇ。なぁに、さっと休憩だんし。すぐ県警さ戻るんし」

熊谷は、白い歯を見せながら片手を振った。

「事情聴取が少ぉし進んだんし。磯貝素之は父親が自殺した当時、小学一年だったんし。一家の大黒柱を失って、母親ともども相当苦労したみでぇだな」

磯貝素之は逃げるでもなく秋田市内の自宅アパートにいたという。職業は薬剤師らしい。

父親が会社のせいで自殺したことを恨み続け、当時沢渡工業に勤務していた人物や親族を殺害しようと思い立っての犯行だった。ネットでトウゴマを買い、圧搾した搾りかすで飴玉を作った。本当に死ぬのか試してみたくなり、餌に搾りかすを混ぜたものを動物たちに食べさせた、と供述しているという。

「どうして今頃、事件を起こしたんでしょうか？　何かきっかけがあったんですか」

僕がそう熊谷に質問すると、熊谷は眉を顰《ひそ》め、

「『自分が父親の死んだ年齢になったら、同じ方法でみんな殺そうと思った』ど、供述したんすおの。まあ、昨年母親が病気で亡ぐなったのも、影響してるみでぇだな」

「誰だって、親しい人を亡くせば哀しいのは当たり前よ。それを殺人の動機にしちゃダメ」

教授はカップのバニラアイスに木製のスプーンを何度も突き立てる。一個目の氷小豆を完食し、早くも二個目だ。頭が痛くならないのだろうか。

「それで、磯貝素之が飴玉を配ったのは何人ぐらい？」

「磯貝素之が狙った人物は、全部で十名だったんし。その十名の親戚や家族を合わせたら総勢四十五名」

その四十五人全員が被害に遭っていたらと思うと、ゾッとする。リシンはそれだけ威力のある毒物なのだ。

磯貝素之は「本人が死んでも家族が死んでも、どちらでも良かった」「自分と同じ苦しみを味わわせてやろうと思った」「被害者六人は、意外に少なかった」「もっと死んで欲しかったが、パワハラの張本人である蛸島守康が死んだから良しとする」とも供述したらしい。

「パワハラは悪いことだけど、それは誰かを殺していい理由にはならないわ！　しかも磯貝素之は薬剤師じゃないの」

教授のバニラアイスは、スプーンを突き立てられ過ぎて、もはや液体になっていた。

僕は、捕まった犯人が医療従事者だったことにショックを受けた。僕も一歩間違うと、そちら側に行ってしまうのだろうか。薬剤師は立場上、色々な薬剤を自由に扱える。医師も似たようなものだ。俄《にわ》かに不安に押し潰されそうになった。

教授は何かを察したように、

「ああ、南雲くんは大丈夫。あなたには人を殺せないわね。この私が言うんだから、間違いないわよ」

「南雲先生は、虫も殺せないですもんね」

鈴屋は僕を見てニヤニヤと笑う。先日、実験室にゴキブリが出た時に僕は大騒ぎし、結局鈴屋に駆除してもらったのだ。教授は「情けないわね」と僕をバッサリ切り捨てる。

「――まあ、でも。磯貝素之も父親を自殺で亡くしてたのね。強く同情はできないけど。『人はいつか必ず死ぬんだから、自殺を選んでも良いのではないか』と考える人がいるけど、それなら私は『いつか必ず死ぬんなら、寿命が尽きるまで生きてみたら』と言いたいのよね。何も死に急ぐことはないじゃない。事故や事件や病気で亡くなるのと違って、自殺者の周囲にいた人間は、自分の存在を否定されたようで、大きなトラウマになるのよ」

と、教授は語る。武田のことを言っているのだ、と僕は一人気づいた。

教授はしんみりした雰囲気を払拭するように、溶けたバニラアイスを一気に飲み干した。

「さて！　お盆明けから南雲くんの執刀を増やすよ。南雲くんと私で半分ずつ執刀をやることにする。勿論、私が必ず付くから。――まあ、三日前の解剖で南雲くんの成長を少しだけ実感したし」

「少しだけ」というのが気になったが、大役を任されて素直に嬉しい。

熊谷が帰ったあと、僕と鈴屋は院生部屋へ戻る。

鈴屋が「冷房が寒い」と騒ぐので、冷房を止めて窓を開けた。緩やかな風が吹き込んで来たが、僕は暑さに耐えられず、院生部屋を出て渡り廊下へ向かう。

夕暮れ時とはいえ、ミンミンゼミはまだ元気に大合唱を続けていた。

それを聞きながら風に吹かれ、深呼吸をする。

前代未聞の大事件で始まった夏だ。

そして今日は盆の入り。

香西も、これまで解剖に付された人たちも、此岸に帰って来るだろうか。

そんなことを考えていると、教授が渡り廊下を走ってこちらに近づいて来た。また解剖が入ったのだろうか。僕は思わず身構える。

教授は「更衣室に老眼鏡忘れた！　ほら、背筋伸ばしなさいよ！」と、僕の背中をひと叩きして走り去った。疾風のごとく駆け抜けて行く教授の背中を見送る。今年の夏はさらに慌ただしくなりそうな予感がした。

主要参考文献

・エッセンシャル法医学　第3版　髙取健彦・編　医歯薬出版株式会社
・検死ハンドブック　高津光洋・著　南山堂
・毒毒植物図鑑　写真と文・川原勝征　南方新社
・人もペットも気をつけたい園芸有毒植物図鑑　土橋豊・著　淡交社
・フィールドベスト図鑑 Vol.16 日本の有毒植物　佐竹元吉・監修／著　Gakken
・病気がみえる Vol.1　消化器　第4版　医療情報科学研究所・編　メディックメディア
・病気がみえる Vol.7　脳・神経　第1版　医療情報科学研究所・編　メディックメディア
・病気がみえる Vol.10　産科　第10版　医療情報科学研究所・編　メディックメディア
・病気がみえる Vol.15　小児科　第1版　医療情報科学研究所・編　メディックメディア

※この作品はフィクションであり、登場する人物・団体・事件等は、すべて架空のものです。

――本書のプロフィール――

第一話「業火の棺」は、「ＳＴＯＲＹＢＯＸ」二〇二一年十一月号、第二話「胡乱な食卓」は、「ＳＴＯＲＹＢＯＸ」二〇二二年七月号、第三話「子守唄は空に消える」は、「ＳＴＯＲＹＢＯＸ」二〇二三年三月号初出の作品を、文庫化にあたり加筆改稿したものです。第四話、第五話は書き下ろしです。

小学館文庫

イシュタムの手《て》
法医学教授《ほういがくきょうじゅ》・上杉永久子《うえすぎとわこ》

著者　小松亜由美《こまつあゆみ》

二〇二四年七月十日　　初版第一刷発行

発行人　庄野　樹
発行所　株式会社　小学館
〒一〇一-八〇〇一
東京都千代田区一ツ橋二-三-一
電話　編集〇三-三二三〇-五九五九
　　　販売〇三-五二八一-三五五五
印刷所――――大日本印刷株式会社

この文庫の詳しい内容はインターネットで24時間ご覧になれます。
小学館公式ホームページ　https://www.shogakukan.co.jp

ISBN978-4-09-407366-9